ディズニームービーブック

Disney

アナと雪の女王

講談社

登場人物紹介

アナ

アレンデール王国の王女で、明るくて、好奇心が強い。姉のエルサが大好き。怖いもの知らずで、信じやすくおっちょこちょい。思いつきで行動するところがあり、冒険するタイプ。エルサと対照的な性格。

小さいころ、アナはいつも姉のエルサに遊んでもらっていた。記憶に残るのは、エルサといっしょに雪遊びや雪だるま作りをしたこと。

ある日とつぜん、エルサがいっしょに遊んでくれなくなり、アナはさびしくなる。エルサがなぜ自分を遠ざけるのかまったくわからないまま、何年も過ぎていく。

戴冠式の日に、アナはハンス王子と出会い、その日のうちに恋に落ちて結婚の約束をする。エルサに認めてもらおうとするが、反対されてしまう。

登場人物紹介

エルサ

アレンデール王国の第一王女で、王位を継ぐことになる。アナより３歳上の姉。考えてから行動するタイプ。ふれるものを凍らせたり、雪をふらせたりできる魔法の力をもつという秘密をかかえ、人知れず悩んでいる。

エルサは、かわいい妹のアナにせがまれて、真夜中にこっそり大広間に行く。たくさんの雪を魔法でふらせ、妹をソリに乗せて、よろこばせるつもりだったが……。

国王は、エルサの魔法をおさえるために、手袋をはめるように命じる。それからエルサは心を閉ざしてしまい、いつもひとりでいるようになる。

エルサは、魔法が使えることをだれにも知られずに戴冠式を終えるが、気づかれるのではと不安はますます強くなっていく。

登場人物紹介

スヴェン

クリストフのソリを引くトナカイ。小さいころからクリストフといっしょで、親友のような存在。

クリストフ

小さいころに両親を亡くしトロールたちに育てられる。氷を売ってくらしている。がさつだが、やさしい。

オラフ

エルサが小さいころにアナのために魔法で作った雪だるま。夏にとてもあこがれている。

ハンス

南の国からやってきた王子。礼儀正しいタイプだが、ほんとうは何を考えているのかわからない。アナと婚約する。

アグナル国王とイデュナ女王

アレンデール王国の国王と女王。エルサとアナの両親。船旅の途中で嵐にあい、行方がわからなくなる。

パビー

トロールたちの長老。だれからも頼りにされている賢者で、いやす力をもつ。

トロール

アレンデール王国の谷間にくらす妖精たちで、真実の愛についてくわしい。人の心が読める。

ウェーゼルトン侯爵

アレンデール王国と長年貿易をしている外国の侯爵。エルサを化け物だと決めつける。

マシュマロウ

エルサが、アナとクリストフを追いはらうために作りだした巨大な雪だるま。

オーケン

山の中で、登山者向けの商品を売る店を開いている。吹雪なのに夏物をアナにすすめる。

物語の舞台背景

アレンデール王国

北にある小さな王国で、フィヨルドに接し、海産物や農産物の貿易で栄えている。

教会

城の中にあり、歴代の王家の式典が行われる。

肖像画の部屋

アレンデール王国の王家の人々の肖像画が飾られている部屋で、アナの遊び場でもある。

北の山

アレンデール王国の城から離れたところにそびえる、一年中、冬の山。

氷の宮殿

エルサが北の山に魔法で作り上げた宮殿で、すべて氷でできている。

Disney

アナと雪の女王

ふたりの王女

北方のあるところに、アレンデールという小さな国がありました。

そこは世界中の人たちがあこがれる緑豊かな国で、季節ごとに咲く花も美しく、夜になると紫や薄緑色や、オレンジ色をとりまぜたオーロラを見ることができました。

アグナル国王とイデュナ女王がその国を治め、ふたりの間には、ふたりの王女がおりました。

姉はエルサ、妹はアナという名前で、姉妹はとても仲がよく、いつもふたりですごしていました。

国王と女王は、外国のお客様や、国のために各地をまわり、よく城を留守にしていました。

そのため、エルサは、いつも両親の代わりに妹のアナといっしょに遊んでやり、病気のときは必ずそばにいて、はげましてやりました。アナもエルサが大好きで、城をあけ、そばにいないことの多い国王や女王よりも、姉を頼りにしていました。

そしてアナは、姉がもつ、ある秘密も知っていました。エルサは、手をひらりとふると、雪や氷を作りだすことができたのです。アナは、そのことを知っているのは、自分だけだと思っていました。

その夜も、オーロラの美しい夜でした。

アナは、いつものように、寝ようとしましたが、どうしても眠ることができず、起き上がってエルサのベッドのわきに行きました。

「エルサお姉ちゃん、ねえ、エルサお姉ちゃん！　ねえったら。」

声をかけてみたけれど、エルサは、まったくぴくりともしません。

そこでアナはベッドに飛び乗り、エルサの上に乗っかりました。

「まあ！」

寝ていたエルサは、目の前にアナがいたのでびっくりしました。

「起きて！　起きて！　眠れなーい。」

眠れないとき、アナはいつもこうやって、眠くなるまでエルサに遊んでもらっていたのです。

エルサはしぶしぶ起き上がり、自分の布団を直しました。

「アナ、ベッドにもどって寝なさい。今日は眠いのよ。」

アナはなっとくしません。いつものように遊んでもらいたいのです。

「むり！　むり！　むり！

お空が起きてるから、あたしも起きてるの。

だからいっしょに遊んで！」

「ひとりで、遊びなさい。お姉ちゃんは眠いわ。」

エルサはなかなかうんといいません。アナはなんとかして遊んでもらおうと、ちょっと考え、いたずらっぽい目でこういいました。

「ひとりで遊べない。だってふたりで雪だるま作りたいんだもん。」

エルサはしかたないという顔をして、こういいました。

「はいはい、わかったわ！　雪を作ってあげる。

でも、少し遊んだら、ちゃんと寝るのよ。

パパが、明日はお客様が来るといっていたから、ごあいさつをしないといけないの。わかるわね？」

アナは「うん。」といって、うなずきました。

エルサは、アナと手をつないで、静かに部屋の外にでました。長く続くろうかを、音をできるだけたてないように歩いていきます。そして、ふたりはそっと大広間の扉を開け、中に入りました。

カーテンが少しだけ開いていたそのすきまから、うっすらと見える美しいオーロラが、きらきらと空に舞っています。ふたりはそのカーテンをきゅっとしめると、広間の真ん中に立ちました。

「エルサお姉ちゃん、魔法、魔法をやってみせて！」

アナがねだると、エルサは両手を広げて前にだしました。すると、あたりに、雪の結晶がきらきらとあらわれ、それがしだいに雪のうずとなり、雪の玉になりました。

「わあ、きれい！」

アナがさけびます。

エルサはその雪の玉を上に放りました。すると、雪の玉は、ぱあっと広間に広がり、あっという間にふたりのまわりは、雪でいっぱいになりました。

「雪だるまを作ろうよ！」

エルサはアナのために、雪だるまを作りはじめました。

アナも、いっしょに雪を集める手伝いをしたり、雪だるまの頭や胴体につける枝や、鼻にするニンジンを持ってきたりしました。

エルサは、その雪だるまを「オラフ」と名づけ、魔法の力で動けるようにしてやりました。

アナは動く雪だるまにだきついて、大よろこびです。すると、エルサはオラフになりすましていいました。

「やあ、ぼくはオラフ。

きみのあったかいハグが好きだよ。」

アナはうれしくなって、オラフにだきつきました。

「ほら、ハグよ！

オラフ、だーい好き！」

エルサは、妹のよろこぶ顔を見るのがうれしくてたまりません。オラフを動かし、アナと踊らせてやりました。

オラフは、ダンスを終えると、ぱっと宙に飛び、きらきらと粉雪になって消えてしまいました。

つぎに、ふたりはソリ遊びを始めます。エルサは広間の中にたくさんの雪をふらせ、くぼみや、小さな丘を作り、ソリを滑らせました。

「アナ、しっかりつかまって。」

エルサは、アナがけがをしないように注意しました。でも、アナはあまり気にしていません。

「エルサお姉ちゃん、もっとジャンプしたい！」

アナは雪の上をトランポリンのようにぴょんぴょん飛びはねたり、すべり台のような雪の上を滑ったりしました。

エルサにとって、アナはだれよりもたいせつな存在で、くったくのない、かわいい妹でした。エルサは、アナを楽しませるのが何よりうれしいのです。

「エルサお姉ちゃん！　もう一回！

もう一回やって！」

アナが、雪の上をジャンプしたいとねだったそのときです。

エルサは、ひらりと手で雪を作りだしたしゅんかん、足を滑らせてしまいました。

アナの足元に向かってかけたエルサの魔法は、アナの頭に当たって、アナは雪の上に落ちてしまいました。

なんということでしょう。アナはたちまち真っ青になり、冷たくなっていきます。目を閉じたまま、ぴくりとも動かないのです。

そして、アナの髪の毛は、魔法のせいで、少し白くなってしまいました。

エルサはすぐに倒れたアナにかけより、だきあげました。アナは気を失っています。

「パパ！　ママ！　大変なの！

アナが……。アナが……。」

エルサの力

エルサの声に驚いた国王と女王が、大広間にかけつけました。

「どうした？　何が起きたんだ。」

「パパ、ママ！

ごめんなさい！　私のせいなの。

アナが……。」

エルサは、自分に魔法が使えることを告白し、足を滑らせたとき、あやまってアナに魔法をかけてしまったことを話しました。

国王と女王は、うすうす、エルサの魔力に気づいていましたが、まさかこんなことになるとは思ってもいませんでした。

「アナを助けなくては。

谷間に住んでいるトロールのところに行こう！」

国王と女王はそれぞれ娘をだいて、馬に乗り、家来に気がつかれないように注意して、こっそり城を飛びだしました。

二頭の馬は、深い森の中をぬけ、さらに雪の上を走りつづけていきます。

空にはオーロラがかがやき、国王たちを照らしていました。

谷を下り、ようやく、薄暗い場所で馬からおりました。

「トロールよ、トロール。でてきてくれ。

どうか、私を助けてくれ。私の娘をどうか救ってほしい。」

王がそういうと、ごろごろとあちこちから岩のようなものがころがったり、はねたりしながら集まってきました。

そして、ささやくような声が聞こえてきました。

恐れよ……恐れよ……なんじの恐れをいやすにはいかに……。

ごろごろところがってきたのは、岩ではなく、トロールたちでした。

今までも、このトロールたちは、アレンデールの国を何度となく助けてきたのです。

いちばんの長老は、パビーというトロールで、アナとエルサのことを見て、いいました。

「この子の力は、生まれつきなのか？　それとも、呪いをかけられたのか？」

国王は少しためらいましたが、重い口を開きました。

「エルサの力は、生まれつきなのだ。

生まれてすぐに、なんとなく気がついていたのだが、どうやら、力は以前よりも強くなっているようだ。」

国王と女王は、エルサのふしぎな魔力は、自然になくなるだろうと思っていました。ところが、エルサの力はますます強くなり、手に負えなくなっていたのです。

「心配するな。アナは治すことができる。なんとかできる。当たったのが頭でよかったぞ。心臓に当たっていたら、かんたんには救えぬ。だが、アナの頭から、すべての魔法を取りのぞかなくてはならない。」

パビーは言葉を止め、しばらく考えてからこういいました。

「アナの記憶の中で、エルサの魔法がかかわったところを消すしかない。エルサが魔法を使えることも、作りだしたものも、すべて消す。
だが、心配するな。楽しかった雪の思い出は、少し変えて残してやろう。」

パビーがそういうと、アナの頭から、すうっとかがやく光が飛びだし、空に向かって昇っていきました。

こうして、アナの思い出は書きかえられていったのです。

エルサが作りだした雪の上を滑った思い出は、湖でアイススケートをする思い出へと変わり、オラフと遊んだ思い出は、外で雪だるまを作った思い出へと変えられていきました。

ひととおり、呪文をとなえると、パピーは国王たちを見ていいました。

「さあ、これでだいじょうぶだろう。」

「ひとつ教えてください。アナは私の魔法のことを忘れてしまったの？」

エルサはなんとしてもアナを助けたいと思っていましたが、今までのふたりの思い出が消されてしまうのはつらいことでした。

パピーはエルサにこたえず、国王がいいました。

「エルサ、これがいちばんの方法なんだ。

おまえのせいではないが、これしかないのだ。」

パピーは、エルサを見て、いいました。

「エルサ、おまえの魔法は美しくもあるが、同時に、とても危険でもある。

魔法は使い方しだいだ。

おまえは、それをコントロールできるようにならねばならない。

おまえの敵は、恐れる気持ちなのだ……。」

「恐れる気持ち？」

パピーのいったことは、小さなエルサにはまだわかりませんでした。

国王はエルサをだきよせました。

「パピー、この子たちはまだ小さい。だから私が、このエルサとアナを守る。

エルサは賢い子だ。きっと自分で魔力をコントロールできるようになる。

それまで、我が国は門を閉ざし、できるだけ人とかかわらないようにしよう。

そして、この子にはだれも近づけさせない。召し使いも減らそう。

だれにも気づかれないようにしよう。

アナも、エルサに近づかないようにさせる。」

国王のその言葉には、かたい決意がありました。

エルサはそれを聞いて、とてもつらくなりました。しかし、大好きな、たったひとりの妹を守るために、エルサはがまんすることにしました。何もかも自分のせいで妹を危険な目にあわせてしまったのですからしかたありません。

トロールと国王たちが谷間で話をしているそのころ、そこから少し離れたところで、氷を切りだす職人たちが仕事をしながら歌を歌っていました。

♪氷の力は、すばらしいが、恐ろしくもある
♪凍った心臓を掘りおこせ
♪ほんとうの愛で溶かすのだ

その職人の中に、小さな少年と、小さなトナカイもいて、けんめいに氷をはこんでいました。少年の名は、クリストフといい、親を亡くし、トロールに救われたのです。あいぼうのトナカイは、スヴェンといいました。トロールにめんどうをみてもらいながら、氷を切りだす仕事をしていたのです。

ひとりぼっち

国王はトロールのところからもどると、すぐに家来にもうしつけて、城の門をしめました。アレンデールに出入りする人たちを減らしたのです。

そして、王女たちを連れていく予定だった各地への訪問も断りました。

アナは、エルサと部屋が別になり、ふたりはかんたんには会えないようになりました。

エルサはアナと離れるのはいやでしたが、妹を守るためです。いつか自分の魔力をおさえることができるようになるまでと、自分にいいきかせました。

　一方、気を失っていたアナは、目をさますと、広々とした部屋にたったひとりで寝ていました。

　見まわしても、エルサがいません。エルサのものはすべてなくなり、部屋の中にはアナのものしか見あたらないのです。

「あれ？　エルサお姉ちゃん、どこ？」

　アナは姉を探して、ろうかにでました。

　あちこちの扉をたたいて、名前を呼びました。

「エルサお姉ちゃん！　ねえ、どこ？」

　すると向こうのほうからエルサが歩いてきました。

「エルサお姉ちゃん！」

　アナがさけんでかけよろうとするまえに、エルサは別の部屋の扉を開けました。

「どうして急にいなくなっちゃったの？」

エルサはアナを見て、悲しそうに、でも、冷たい声でこたえました。

「アナ、私のそばに寄らないでちょうだい！」

アナはびっくりしました。今まで、エルサにそんな言われ方をしたことなど、なかったのです。

「えっ？　なんで？

どうして？

急にどうしたの？」

エルサは、アナの目の前で、扉をバタンとしめました。

「私に近寄らないで！

あっちに行きなさい！」

アナにはわけがわかりません。いきなり変わったエルサの態度が、理解できないのです。トロールの魔法で、アナの記憶が、すっかりなくなっていたせいでした。

エルサは部屋に入ると、窓辺のソファーに座りました。外には庭園があり、美しい花が咲きほこり、木々の緑もいっそう深く、陽の光を浴びてかがやいています。

ため息をつきながら、エルサは窓辺に手をかけました。

すると、見る見るうちに、窓辺も、窓わくも、エルサがさわったところは、すべて凍ってしまいました。エルサははっとして、手を窓辺から離しました。何をさわっても凍ってしまうのです。涙がほおを伝いました。

今までは、氷や雪を作ろうとしたときにだけ作ることができたのに、アナのことがあってから、エルサの魔力はエルサの気持ちにかかわらず、なんでも凍らせてしまうようになったのです。

エルサには、どうして自分だけこうなのか、わかりませんでした。でも、このままではだれかを傷つけてしまうかもしれない。そのことだけは、よくわかりました。

エルサが心配でたまらない国王は、エルサを自分の部屋に呼びました。

「エルサ……。よく聞きなさい。

こんなことになって、パパは考えたのだが……。

アナとおまえを守るためなのだ。

魔力をおさえることができるようになるまで、この手袋をつけていなさい。」

炎が温かく燃えさかる暖炉の前で、国王はエルサの手を取り、手袋をさしだしました。

エルサは渡された手袋をはめました。これでもう、さわるものは何も凍りません。

「自分の力をおさえることができるようになったらはずしなさい。

それまでは、妹のアナといっしょに遊ぶことは禁じる。

かわいそうなのはわかるが、アナはまだ小さい。

おまえのほうが年上なのだから、気をつけなさい。」

エルサは、手袋のことも、アナと遊ばないことも、よく理解してうなずきました。アナを守るためならと思ったのです。

「パパ、わかったわ。私が魔法の力をおさえられるようになるまでよね？　がまんする。」

国王もつらそうに話を続けました。

「そして、将来成人したら、おまえはこのアレンデール王国を背負うことになる。私のように国を守る責任があるのだ。国を治めるためには、魔力はおさえねばならない。これもすべておまえがりっぱな女王になるためだ。」

エルサは、また、だまってうなずきました。

アレンデールの女王になることは、王女として生まれてから、ずっといいきかされてきたことでしたが、ほんとうは、素直に受け入れられたわけではありませんでした。女王になるためにがまんすることは、とてもつらく思えました。

一方、小さなアナは事情を知らないので、どうしてもエルサと遊びたくてたまりません。毎日、エルサの部屋の前に行っては、扉をたたいてねだるのです。

「ねえ、遊んで！　ねえ、お外で鬼ごっこしよう！」

エルサは部屋に閉じこもったままで、でてこようとしません。

「アナ、ひとりで遊びなさい。」

そうくりかえすだけで、アナが待っている間は、部屋から外へでてきません。

アナはふしぎでたまりません。いったい、どうしたというのでしょう。

「パパ、ママ、なんでエルサお姉ちゃんと遊べないの？」

アナはわけがわからず、ついに国王たちに聞きました。しかし、国王はほんとうの理由をいうことができません。しかたなく、こういったのです。

「アナ、エルサは将来、このアレンデールの女王になる。

ひとりで、なんでもできるようにならなくてはならない。

エルサが女王になるまでのがまんだ。」

アナはさびしくてたまりませんが、ひとりで遊ぶことにしました。

エルサの人形を手にし、いっしょに遊んでいるつもりになっています。

「ねえ、いっしょに自転車乗ろう。アナが後ろに座るから、お姉ちゃんが運転して！」

人形を床におくと、どこからか自転車を持ってきて、後ろの座席にひょいと飛び乗りました。

「ねえ、お姉ちゃん、見て。アナ、じょうずでしょ！」

アナは、人形のエルサに話しかけました。

しかも、声をまねして、エルサそっくりにしゃべるのです。

「まあ、アナったら、サーカスみたいね！」

そのしゅんかん、アナは自転車から落ちそうになり、近くにあった鎧のおきものにしがみつきました。

自転車はカシャンと音をたてて倒れてしまいました。

「あ〜、やっちゃった。」

お城の部屋はがらんとしていて、小さなアナにとっては広すぎます。ひとりで遊ぶには、もてあましてしまいます。

部屋の中には、代々アレンデールの国を治めてきた、国王や女王の肖像画が飾られていて、じっとアナを見ているようです。

エルサに似た顔のお姫様の絵を見つめながら、アナはつぶやきました。

「本物のエルサお姉ちゃんだったらいいのに……。」

急にエルサと離れてくらすようになってからは、国内からも、外国からも、訪問客は、ほとんどいなくなりました。エルサとは、いっしょに食事をすることさえなくなり、アナはさびしくてたまりません。

「ひとりで遊ぶなんて、つまんないなあ。」

そのとき、開いた扉のすきまから、エルサがろうかを通りかかるのが見えました。

アナは、大声で呼びました。

「エルサお姉ちゃん！　ちょっとだけ遊ぼうよ！」

ところが、エルサはアナに見向きもしないで、自分の部屋に入ってしまいました。バタンと扉を閉じると手袋をはずし、おいてある鎧をさわってみました。

「お願い。どうか凍りませんように……。」

エルサの願いもむなしく、鎧には、冷たい氷がひしひしと張りつめました。

「やっぱり、だめね。これじゃあ、アナと遊べない。
いったい、どうしたら、私の魔力はいうことを聞くようになるのかな。
何も悪いことなんてしていないのに。なぜなの？」

この数年間、エルサはずっと、ひっそりくらしてきました。女王になるための勉強も、文句ひとつついわずに、がんばってきました。

魔力をコントロールできさえすれば、アナといっしょに遊べるのに……。エルサは自分の両手をじっと見つめました。

それから何年もの月日が過ぎ、アナは十五歳、エルサは十八歳になりました。エルサは、魔力をコントロールすることはできないのだと、すでにあきらめていました。何度試してみても、さわるものはすべて凍ってしまうので、すっかり自分のからに閉じこもってしまったのです。

そんななか、国王は女王とともに、海の向こうの国に招かれ、二週間、国を離れることになりました。旅立つ日、ふたりはエルサの部屋にやってきて、手袋をはめたエルサをだきしめて、いいました。

「エルサ、二週間後にもどる。国のことは頼んだぞ。ほんとうは、おまえたちをおいて行きたくはないのだが、断れない相手なのだ。」

国王たちはアナの部屋にも出発を告げに行きました。すると別れ際にアナがいいました。

「いってらっしゃい。二週間のがまんだよね。」

アナと国王たちはぎゅっとだきあいました。

ふたりの王女たちにあいさつを終えると、国王と女王は、船に乗って行ってしまいました。でもそれっきり、国王たちがアレンデールにもどることはありませんでした。

旅の途中で、船はひどい嵐にあい、波にのまれてしまったのです。嵐がやむと、アレンデールの家来たちは、国王と女王の捜索にでましたが、ふたりを見つけることはできませんでした。家来たちは、国王と女王の肖像画のまわりに、黒い布をかけました。

喪服を着たアナが、エルサのいる部屋の前にやってきました。

「エルサ姉さん？　いる？」

アナは、扉に寄りかかり、いいました。

「姉さんがつらいとき、私を必要とするなら、近くにいるから。たったひとりのきょうだいよ。ねえ、こたえて。返事だけでもしてよ。エルサ姉さん……。」

その扉の反対側に寄りかかりながら、エルサは座っていました。アナの言葉を聞いて泣いていたのです。

部屋の中は、氷と雪でいっぱいになっていました。悲しいことや、つらいことがあると、魔力は、いつもよりも強くなってしまいます。今だけでもアナをだきしめ、ふたりで泣きたいのに……。

エルサの部屋の扉が開くことはなく、アナはさびしそうにろうかに座りこんでいました。

アナが記憶を消されてからというもの、国王も女王も、エルサの話となると、何かいいにくいことがあったようです。なぜ離れてくらすようになったのか、きちんと教えてはくれませんでした。そして、両親がいなくなり、たったひとりのきょうだいなのに、エルサの態度はあいかわらずです。

どうしたらいいのか、アナはじっと考えました。

「パパは、エルサが女王になるまでのがまんだっていってたわ……。」

それがほんとうなら、エルサが女王になる日が来たら、昔のように、いっしょにあちこちへ行って楽しいことができる。アナは、そう思うことにしました。

その日まで、あと数年なのです。

ちょっとだけ、あとちょっとだけのがまんだわ。

たったひとりの家族だもの。

いつか昔のように仲良しにもどれるはず。

アナは、エルサといっしょに遊んでいたころを思い出し、静かに自分の部屋にもどっていきました。

一方のエルサは、絶望のふちにいました。魔法の力を自分でおさえることができないのに、頼りにしていた両親がいなくなったのです。

うっすらと窓から見える夜空の向こうに、ぽつんとひとつ浮かんでいる月は、まるで自分のようでした。

戴冠式

数年後、いよいよエルサ王女が、女王になる日がやってきました。空はよく晴れ、雲ひとつない天気です。

そこへ、一隻の大きな船があらわれ、アレンデール王国の港に入りました。たくさんの人々が、つぎつぎと船をおり、村の広場に歩いていきます。

港では、やってきた人々たちを歓迎する、にぎやかな催しが始まりました。

この日を待ちわびていた村の人たちも、今日のために花をあちこちに飾り、伝統の衣装に着替えて、式典が始まるのを待ちました。

村の人たちは、それぞれにそわそわしながら式の準備をしています。

「どうしてこんな服着ないといけないの？」

小さな男の子が、母親のさしだした上着をいやがっていいました。

「今日は、エルサ王女が、この国の女王になる戴冠式があるんだ。だから、みんな、アレンデールの民族衣装に着替えるんだよ。」

「そんなの、ぼくに関係ないさ！」

それでも母親は、いやがる男の子にむりやり上着を着せました。

「だめだよ。みんな、ちゃんと正装して、参加するんだから。」

港の近くの店では、若い青年が、氷のかたまりを肩にのせて歩いています。

トロールに育てられた、あのクリストフです。トナカイのスヴェンも氷を積んだソリを引いています。

「スヴェン、戴冠式があるって、おれたちにとっちゃ、大助かりだ。なんでだか、おまえ、わかるか？」

スヴェンはちょっと首をかしげました。

「祝い事だから人が集まる。つまり、氷がたくさん、売れるってことだ。そうすりゃおまえに、たくさんニンジンを買ってやれるってことさ。そしておれは新しい道具が買えるってこと。たくさん売ってかせごうな。」

クリストフがスヴェンの頭を軽くトントンとたたいて笑うと、スヴェンもにやりとしました。

すると、クリストフたちのわきを、夫婦が大いそぎで通ります。

「あなた、いそいで。早く、ごあいさつしなきゃ。なにしろ十三年ぶりに城の門が開くんですから。」

後ろを追いかけるように走る男は、上着のボタンがうまくはめられなくておろおろしながら、妻に従います。

「ああ、ああ、わかってるよ。でも、たった一日だけなんだぞ。」

そうやって、国中の人たちが、十三年ぶりのお祝いに心を踊らせていました。長い間、公に姿をあらわさなかった、エルサ王女とアナ王女を何年ぶりかで見ることができると、楽しみにしているのです。

さて、船着き場に、ひとりの背の低い男がおりたちました。護衛のものを連れて、たいそう偉そうにしています。

「おお、ようやくアレンデールに着いたぞ。この十三年間、秘密に閉ざされていた国。ようやく、城の門が開いて、来ることができた。」

彼は、ウェーゼルトン侯爵といい、アレンデール王国と長年にわたって貿易をしてきた男でした。今日の戴冠式に招待されて来たのです。

その場所から少し離れたところにあるお城でも、召し使いたちが、式典の準備に走りまわっていました。

「さあ、さあ、いそいで、いそいで。テーブルの準備はすんだか？」

「いや、大広間の大皿が、百枚足りないぞ。」

「いそいではこぶんだ。ナイフとフォークはそろったか？」

「ああ、そっちの数はそろったが、ワインが足りないかもしれない……。」

いそがしく働く召し使いたちをよそに、アナはまだベッドの中でした。髪の毛はくしゃくしゃのままで、ようやく目をさましたところです。目の前には、戴冠式で着る予定のドレスがおいてありました。

「ああ、そうだ！　今日は、戴冠式だった！」

いそいでアナは起き上がり、したくを始めます。まずは髪の毛をきれいにまとめ、ドレスをまとい、髪の毛にはリボンをつけて、お化粧をしました。身支度が整うと、部屋を飛びだし、うきうきしながら、あちこち見てまわりました。

ろうかでは、大きな料理の皿をはこぶ召し使いたちが、よそ見をして、うろうろするアナにぶつからないように、身をかわします。

戴冠式さえ終われば、姉のエルサと以前のように仲良くできると、アナは思いこんでいました。それに、外の世界の人たちと知り合えるのも、楽しみです。

この日のために、一か月も前から、城の中は大騒ぎでした。壁や天井のほこりを落とすために、はしごをかけて掃除する人や、城の庭園の花の入れ替えをする庭師、みんな、ちりひとつないように、ぎりぎりまでがんばっていました。

「ほら、そこの窓のすみっこ、まだ汚れてるよ！」

「よし、これでどうだ？」

「うん、いいね。ピカピカだ！」

アナだけでなく、だれもが楽しみにしていて、仕事する手もうきうきしています。アナはきょろきょろしながら、城のあちこちを確認してまわりました。

「まあ、あの部屋の扉も開くのね！　何年ぶりかしら？

まあ、お城に八千枚もサラダ用のお皿があったなんて、知らなかった！」

ろうかにおかれた皿を手に取り、大広間へ向かいました。

大広間ではお祝いの品々を並べる人、椅子を並べる人、みんな、いそがしそうに働いています。

「うれしくって、涙がでそう。

長い間、閉ざされていた扉が開くんだもの。

いったいどんな人たちが来るのかしら。」

アナはらせん階段の手すりを滑りおり、窓から外を見ます。わくわくしながら、目をかがやかせました。

庭師たちは、木々を刈りこんで、戴冠式のために王家の紋章をかたどった植えこみに、最後までていねいに手を入れています。

「あと、もう一センチ、その下のあたりが余分だな。」

「はさみでもう少し刈りこんでみるよ。」

アナはその人たちの仕事ぶりをじっとながめました。これほど、城の中が明るくなるとは思ってもいませんでした。

そのころ、エルサは外の景色を窓越しにじっと見ていました。アナのよろこびようとはまったく逆に、不安と心配でいっぱいでした。国王が亡くなってから、エルサはなんとかして魔力をおさえようと努力しましたが、どうしても、うまくいきませんでした。しかたなく、手袋をつけたままです。

今日の式典でも、みんなに気づかれないようにしなければと悩んでいました。

「ああ、人がやってくる。やめてほしい。

ほんとうは、まだ、準備できていないの。私にはまだ、むり。

魔力をおさえなくちゃ。隠しとおさなきゃ。失敗は許されないわ。

魔法が使えることを、だれにもばれないようにしなくては。」

エルサは、式の練習をするために、王笏と宝珠に見たてたロウソクと宝石箱を取りだしました。

深呼吸をして、みんなの前に立つ練習をすると、ロウソクと宝石箱は凍りついていました。やはり素手のままでさわったものは、すべて凍ってしまいます。

エルサは、父の戴冠式を描いた肖像画を見てまねました。

「パパのように、威厳をしめすの。落ちつくのよ。

そして、魔力を感じないようにしなきゃ。

今日の式の間だけよ。そう、ぜったいに演じきるの。

まちがっても、だれかにふれないように。」

エルサは凍りついたロウソクと宝石箱をテーブルの上におきました。戴冠式と舞踏会が終われば、城はふたたび門を閉じることになっています。何度も何度も自分にいいきかせ、深呼吸をして落ちつこうとしました。

「隠しとおすの。手袋をはずさないでいれば、だいじょうぶなはず。

だれにも見つからないように、やりとおすのよ。

式のあいだ、手袋で魔力をおさえたらできるわ。

ええ、たった一日、今日だけ、隠しとおせたらいいの。」

エルサは自分の胸に手を当てて、何度も自分にいいきかせました。

ファンファーレとともに、アレンデール王国の門が開きました。大きな歓声があがり、だれもがよろこんでいます。

エルサは、手袋をはめると、城のバルコニーにでて、中庭に集まった人々に手をふります。その様子を、離れた部屋の窓から、アナが見ていました。久しぶりに見るエルサは、美しくかがやいています。

アナは部屋をでて、城の外へと向かいました。村の広場では、たくさんの荷物をはこぶ馬車が行きかい、色とりどりの店がにぎわっています。ひとつひとつが新鮮に思え、うっとりとながめてしまいました。

閉ざされた世界から表へでたのは、初めての体験でした。

「生まれて初めてだわ。アレンデールは、こんなにすてきな国だったのね。たった一日だけど、お客様の中に、もしかしたら、私の運命の人がいるかもしれない。」

ドシン！

よそ見をしていたアナは、馬とぶつかり、木のボートに倒れこんでしまいました。でも、海に落ちる一歩手前のところで、ぶつかった馬がひづめをボートにかけ、くいとめたのです。

「まあ、あら？　なに？」

「これは、まことに、もうしわけない。おけがはないでしょうか？」

馬に乗っていたのは、ハンサムな青年で、きちんとした服を着ていました。

アナは、ぱっと顔を赤らめました。

「え、ええ、だいじょうぶ。どこもけがはしてないわ。」

「ほんとうですか？」

青年は馬からおりて、アナにかけよってきます。そして、ボートに足を踏み入れ、手をさしのべて、アナを引き上げました。

「ええ。私のほうが、うっかりよそ見していたの。ほ、ほんとになんともないわ。」

アナと青年は、目と目が合いました。

「あの、ぼくは南の国の王子、ハンスです。」

アナも、ていねいにおじぎをしていいました。

「私は、アレンデールの王女、アナです。」

ハンス王子は、びっくりしてひざまずき、頭を下げました。

「えっ？　王女様でしたか！」

すると、となりの馬もおじぎをしようとしたので、ボートがぐらりと傾いてハンスはアナのほうに倒れこみました。

「まあ！」

そこへ馬があわてて、ボートに足を入れてひづめでおさえると、またぐらりと傾き、今度はアナがハンスの上に倒れこみました。

「わあ！」

ハンスが驚くと、アナももうしわけなさそうにいいました。

「ひどいわ。いえ、あなたのことじゃなくて、私がいけないの。だから、あなたはすてきな人よ。」

ハンスは、アナの手を取り、真剣にいいました。

「アレンデールの王女様に馬をぶつけたことを、正式におわびします。もうしわけありませんでした。」

アナは手を横にふってこたえます。

「まあ、そんなこと、いいんです。私がよそ見をしていたからです。それに王女といっても、国を治めるわけではありませんから。女王になるほうではないんです。つまり、姉のエルサだったら話がちがいますけど……。私はただの王女ですから。」

アナはくったくのない笑顔で、にっこりしました。

ハンスが何かをいおうとしたとき、大きな鐘の音が鳴りました。

「教会の鐘が鳴りはじめたわ！　城にもどらないと！」

そういうとアナは大いそぎで走りだし、途中で後ろをふりかえると、ハンスに手をふりました。

ハンスがアナに手をふりかえすと、お供の馬も手をふろうと、ボートからひづめを放しました。

そのしゅんかん、ボートはハンスを乗せたまま、ぐらりと傾き、海に落ちてしまいました。馬はもうしわけなさそうな顔で、落ちたボートを心配そうに見つめました。

海の中からぼこぼこと泡が浮かび、ボートの下からは、ずぶぬれのハンスが顔をだしました。

「なんてこった！」

ハンス王子

お城の中にある教会から、聖歌隊の歌声が流れてきました。

♪ああ、アレンデールのめぐみは永遠に
♪豊かな大地に花が咲きほこり
♪美しき国よ　主のめぐみあれ

アナは祭壇の前に並び、音楽隊はおごそかな音をかなでています。家来のひとりが合図をすると、エルサが司教の前に立ちました。

客席のハンス王子に向かって、アナが手をふります。

ハンスも手をふると、にっこりと笑いました。

司教が、かがんだエルサの頭に、代々引き継がれてきた王冠をのせました。

つぎが問題です。エルサは不安そうに、少し顔をゆがめています。

司教は、小さなクッションの上におかれた、王家の証である、王笏と宝珠をさしだしました。エルサが手をのばそうとすると、司教がいいました。

「陛下、手袋をおはずしください……。」

エルサは心配そうな顔つきで、手袋をはずし、王家の証を受け取ると、後ろを向きました。座席に座っていたものたちはみな、立ち上がって、司教の言葉を待ちます。

「本日これより、
エルサ王女は、女王となり、
このアレンデール王国を治める。
どうか神よ、守りたまえ。」

王笏と宝珠が凍りはじめたので、司教がいいおわるやいなや、エルサは、クッションの上にもどしました。どうやらだれも気づいてはいないようです。ほっと胸をなでおろし、はずした手袋をあわててはめました。いちばん心配していた儀式をやりとおすことができたので、エルサはようやく笑顔を見せました。

近くで見ていたアナも、エルサの様子を見て少しほっとしました。これでようやく、エルサとふつうに話ができるようになると期待しているのです。

しかし、エルサにとっては、女王としての務めが始まったのです。何をするにも、女王としての立ち居ふるまいが、求められるのです。

「それでは、みなさま、広間でお祝いをいたしましょう。」

家来たちが、集まったお客様を大広間へと案内していきました。

「さあ、女王様、みなさまがそろわれたので、広間におでましください。」

エルサは家来にいわれるままに、広間の扉の前に立ちました。そして、アナもその後ろに続きました。

「エルサ女王陛下の、おなり。」

扉が開き、エルサは中に入りました。天幕の前に立つと、みなはいっせいにエルサにおじぎをします。

「アナ王女のおなり。」

アナも呼ばれて、エルサの横に立ちました。もう十三年もこのようなことがなかったので、アナはとまどいました。

「まあ、私も？　私もみんなの前に立つの？」

エルサはとまどっているアナを、ほほえましく思いました。みなが拍手をすると、音楽が流れだし、それぞれ食べたり、踊ったりしはじめました。

「アナ、きれいだわ。」

エルサが何年ぶりかでアナに言葉をかけると、アナもうれしそうにこたえます。

「ありがとう。」

あまりに久しぶりで、アナは何をいったらよいのかわかりません。

「でも、エルサ姉さんのほうが、ふっくらきれい。あ、やだ。まちがえた。そうじゃなくて、とってもきれいよ。」

エルサが、くすっと笑いました。

「ありがとう。うれしいわ。」

ふたりにとって、目の前の光景はまったく新しい世界でした。緊張していたうえに、話すのは何年ぶりかのことだったので、お互いとまどっていました。

「これがパーティーなのね。」

エルサがそういうと、アナもきょろきょろしながらこたえました。

「思っていたより、ずっと楽しいわ。それにとってもいいにおい。」

「このにおい、何かしら?」

「エルサ姉さん、チョコレートよ。お腹すいたわ。」

ふたりは顔を見合わせて笑いました。

ふたりのおしゃべりもおさまったころ、家来がやってきました。

「女王陛下、ウィーズルタウン侯爵が、ごあいさつされたいそうです。」

呼ばれた侯爵が、自分の名前のまちがいを直してからいいました。

「ちがう。ウェーゼルトンだ。陛下、ウェーゼルトン侯爵です。お会いできて光栄です。最初のダンスのお相手を、ぜひお願いいたします。」

エルサは困った顔をしました。もしも侯爵を凍らせてしまったら、どうしたらよいのでしょう？

侯爵がおじぎをすると、頭のかつらが前にずれました。すると、アナはがまんできずに笑いだします。エルサもそれを見て、いっしょに笑いながら、こういいました。

「お申し出はありがとうございます。でも、わたくしはだれとも踊らないの。」

侯爵は、すこぶるふゆかいな顔をしました。

「でも、わたくしの妹は踊ります。代わりにいかがでしょうか？」

アナは、いきなりエルサがそういったので、あわてました。

「え？　え？　私が？」

アナは侯爵に手を取られて、フロアの中心に連れていかれました。侯爵の踊り方は、まるで死にかけたクジャクのようで、アナは必死に合わせようとしますが、互いに足を踏みそうになったり、ころびそうになったり大変です。

ようやく曲が終わり、アナはエルサのもとにもどってきました。

「ああ、いたた。足を踏まれちゃったわ。」

「でも、アナ、楽しそうだったわ。」

エルサがくすくす笑うと、アナがいいました。

「私、この日が来るのをずっと待っていたのよ。

姉さんといっしょに笑える日が来るのをね。

だから今、とっても幸せよ。

いつも、こんなふうだったらいいのに。」

「私も……私も……。」

アナのやさしさに、エルサは言葉をつまらせました。

「でも、それはむりなの……。私にはできない。」

エルサはアナから目をそらしていいました。

「なぜ？　どうしてなの？」

アナは、悲しそうにいいました。

「どうしても、むりなの。」

エルサの言葉に、アナはたえきれませんでした。

「そんな……。私、失礼します。」

アナが大勢の人をかきわけて、外にでようとすると、ドスンとだれかにぶつかり、床に倒れそうになりました。

「だいじょうぶですか？」

倒れかけたアナに手をさしのべてくれたのは、ハンスでした。

「ちょうどここに立っていたんです。またあなたと話せてよかった。」

「ありがとう。」

ハンスは、アナをダンスにさそいました。ハンスとのワルツは、まるで空を舞うかのように軽やかでした。さきほどの侯爵とは大ちがい。アナがステップをまちがえても、ハンスはうまくリードしてくれました。

「少しだけ庭にでませんか？　せっかくの夜だ。」

アナは、やさしいハンスのふるまいにうっとりしました。

「ぼくがぶつかったのも、何か意味があるのかもしれないですね。今までぼくは、なんの役にも立たないと思っていたんです。」

ハンスとアナは、バラが咲きほこる庭園を歩きながら、お互いのことを話しはじめました。

アナは、今日初めて知り合ったハンスのことが気になっていたので、やさしくされて、うれしくなってしまいました。

「まあ、ハンス。私もよ。たったひとりしかいない家族のエルサでさえ、私のことなんて、まともに見てくれないし……。さっきも冷たくされたわ。あなただけよ。ちゃんと私のことを見てくれた人は。」

それからふたりは、パーティーでだされたクラムケーキを食べながら、むちゅうになっておしゃべりをしました。

ハンスも、アナとおなじ気持ちでした。

「ぼくには兄が十二人もいるんだ。上の兄たちなんて、ぼくのことを弟だとは思っていないんだ。この二年間ずっとむしされている。」

アナは悲しそうな顔をしました。

「それはひどいわ。きょうだいなのに。」

「でも、きょうだいなんて、そんなものなのかもしれないですね。」

アナはうなずきました。

「私だって、小さいころは姉さんととても仲がよかったのに、ある日急に姉さんが私をしめだしたの。なぜなのかわからないままよ。」

ハンスはアナの手を取り、いいました。

「ぼくは、ぜったいにそんなことをしません。」

アナはようやく自分のことをわかってくれる人に会えたと思いました。

「ねえ、おかしなことをいってもいいかしら？」

「もちろんですよ。おかしなことは、大かんげいだよ。」

ハンスはそういいました。

「これまで、私は、目の前でしめだされる人生を送ってきたわ。

そして、とつぜん、あなたとぶつかった。」

アナはうれしそうにハンスを見つめました。

「ぼくもおなじことを思っていた……。」

ハンスもこういいました。

「ぼくは、ずっと、ずっと自分の居場所を探してきたんだ。きみのそばこそ、ぼくの居場所なんだ。」

ハンスのやさしい言葉で、アナはすっかり舞い上がってしまいました。

「私も、私のことをわかってくれる人がほしかった。」

ハンスもアナも、お互いのことを好きになっていました。

ふたりは、城の塔のてっぺんにあがったり、ひとつの月をながめて踊ったり、時が過ぎるのを忘れるほどでした。

ふたりは、王国が見おろせる滝のたもとに来ると、ついにハンスがアナにいいました。

「今度はぼくがおかしなことをいってもいいかな？　アナ、ぼくと結婚してくれませんか？」

アナは、すぐに返事をしました。

「私……ええ、もちろんです。はい！」

ふたりは、さっそくエルサに結婚の報告をすることにしました。

アナはいそいで、パーティーの席にいるエルサのもとへ、ハンスを連れていきました。

「エルサ姉さん！

あっ、じゃなくて、女王陛下！

お話があるの。どうしても聞いてほしいの。

ええと、この方はハンス王子です。」

ハンスは、アナとともに、ていねいにおじぎをしました。

「私たちの結婚を、女王陛下にお認めいただきたいのです！」

ふたりがそろってそういうと、エルサはびっくりしました。

「結婚ですって？」

「女王陛下、そうです。結婚を許していただきたいの。」

アナがそういうと、エルサはふゆかいな顔をしました。

エルサには、アナのいっていることがのみこめません。

「ごめんなさい。何をいっているのかよくわからないわ。」

「ええ。私も。急だからまだ、細かいことは決めていないの。結婚式の計画も、あと何日もかかると思うし……。

ハンスの十二人のお兄さんたちも呼ばなくちゃいけないわね。

それに、このお城にくらすとしても、準備が必要だし……。」

アナがどんどん話を進めようとするので、エルサはいいました。

「アナ、ふたりだけで話をしましょう。」

アナは不服そうにいいました。

「だめよ。ハンスに隠すことなんてないわ。ふたりで聞く。」

「では、ふたりの前でいうわ。会ったばかりの知らない人と結婚なんてだめです。」

エルサはきっぱりといいました。

「ほんとうに心から愛しているの！　真実の愛なんだから、いいでしょ？」

アナはくいさがりました。

「アナ、真実の愛の何を知っているというの？」

エルサは怒っていいました。

「少なくとも、エルサ姉さんよりもわかってるわ。姉さんは、人をしめだすだけで、愛そうともしない！」

アナはエルサに今まで思っていた不満をぶつけました。

「アナ、結婚はだめ。ぜったいに許しません。そして、ハンス王子、すぐにこの城からでていってください。」

そういうとエルサは家来のものに、パーティーを終わらせ、城の門をしめるようにいい、広間からでていこうとしました。

「エルサ姉さん、それはないわ！　だめよ！」

アナは思いきりエルサの手を引っぱりました。

「あっ！　手袋を返して！」

アナはエルサの手を引っぱったひょうしに、エルサの手袋を取ってしまいました。エルサは手袋を取りかえそうとしましたが、アナは返しません。

「エルサ姉さん、お願い。こんな生活はもういや。どうして、いけないの？　私は幸せになりたいの！」

エルサは思わずいいました。

「もう、たくさんだわ、アナ。ここからでていって！」

アナは深く傷ついた顔をしました。

「姉さん、私が何をしたというの？」

「だから、もうたくさんって、いったでしょ、アナ！」

エルサは怒って、手袋をはずした手をふってしまいました。

すると、魔法がふりかかった広間の床があっという間に凍ってしまいました。

アナも、広間に集まっている人たちも、びっくりしてあとずさりしました。

逃亡

ついにエルサは隠しきれませんでした。みんな驚いて声もでません。やっとウェーゼルトン侯爵がつぶやきました。

「魔法使い……。恐ろしい。きっと何かあると思っていたが、まさかこんな。」

エルサは広間から外に逃げだしました。でも扉を開けると、村の人たちがお祝いを伝えようとして、城の中庭にたくさん集まっていました。

「女王陛下、ばんざい！

女王陛下！　どうぞこちらに。」

エルサは、真っ青な顔で人をさけようとあとずさりしました。

ところが、よろめいてしまい、うっかり噴水に手をかけてしまったのです。

「うわ！　噴水が凍ったぞ！」

エルサがふれたところから、噴水の水は、あっという間に氷に変わっていきました。それを見た人たちは、みな恐ろしくなり、震え上がっています。

城からその場にでてきた侯爵やハンス王子たちは、またもやエルサの魔法を見て、あぜんとしました。

侯爵は、エルサをすっかり化け物あつかいです。

「なんということだ。とんでもない話だぞ。これは恐ろしい魔法だ。なんでも凍らせてしまうとは。さあ、おまえたち、女王を取りおさえるんだ！長年門を閉じてきたのは、これを隠すためだったんだな！」

エルサは必死で、人を遠ざけようとします。

「お願いだから、私に近づかないで！」

エルサはそういうと、また手をふって人を遠ざけようとしました。

すると、中庭の木々や銅像、地面までもが凍りついてしまい、侯爵たちは滑ってころんでしまいました。

「やはり、おそろしい魔法だ！

化け物だ！」

恐怖におののいた侯爵がさけび声をあげます。その声で、集まっていた人たちは、すっかり恐ろしくなり、赤ん坊や子どもは泣きだしました。

エルサは、いたたまれなくなり、城から逃げだしました。吹雪が急にはげしくなり、またたく間に城は雪と氷に閉ざされました。

アナはなんとかエルサを引きとめようと追いかけます。

「エルサ姉さん！」

ハンスが、アナのあとを追いかけました。

「アナ！」

エルサは城の門をでて、岸に向かいましたが、アナの声を聞いてふりかえりました。

「姉さん！　お願いだから、待って！」

でも、アナは凍りついた地面に足を滑らせてころんでしまいました。

「アナ、女王は危険だ！」

後ろから追いかけてきたハンスが、ころんだアナに追いついていいました。

「だめ、姉さん、行っちゃだめ……。」

引きかえそうにも、足元が凍りだしています。エルサのふれるものすべてが、氷になってしまうのです。もどっても、だれかを凍らせてしまうと思うと、自分が怖くなりました。もう、これ以上だれかを傷つけないためには、逃げるしかありません。

「エルサ姉さん！　止まって！」

アナがまたエルサのほうに走りだしました。

アナは、エルサの戴冠式の日に南の国からやってきたハンスと出会い、恋に落ちていく。ずっとさびしくくらしてきたアナは、すっかりハンスにむちゅうになる。

エルサに冷たくされ、悲しんでいたアナは、知り合ったばかりのハンスからのプロポーズを受けてしまう。

戴冠式のパーティーで、エルサは、知り合ったばかりの人と結婚なんてだめだとアナの結婚に反対する。エルサの魔力を知らないアナは、思わずエルサの手袋をうばい、ハンスと結婚したいとつめよった。

怒ったエルサは、アナの手をふりはらい、みんなの目の前で魔法を使ってしまう。あっという間に氷が大広間に広がった。侯爵たちは、エルサの魔力に驚きおびえる。エルサは、侯爵から化け物といわれて城を飛びだす。

中庭にでたエルサは、祝いにかけつけた村人の前で、噴水にふれて凍らせてしまう。魔法が使えることをみんなに知られてしまい、エルサは深く傷つく。魔法のせいで国中が氷と雪に閉ざされてしまう。

エルサは、自分の魔力を止めることができない。これ以上騒ぎを広げないために、国を飛びだすしかなかった。アナが止めるのも聞かずに、エルサは消えていく。

戴冠式が、こんなことになるとは思ってもみませんでした。これからは、姉妹で仲良くくらしたいと願っていたのです。それなのに、この一日ですべてが変わってしまいました。ようやく心を開いてくれると思っていたのに、アナはショックでした。姉が魔法を使えるなんて、想像もしていなかったのです。

ハンスはアナをだきおこしました。

「だいじょうぶ?」

アナはとつぜんのことでわけがわかりません。

「きみは、お姉さんの魔法のことを知ってたの?」

「いいえ……何も……何ひとつ、私は知らなかった。」

アナはハンスとともに城の門をくぐり、中庭に入りました。エルサの魔法で、アレンデールはいっきに氷の世界に包まれ、真冬の寒さです。みな、がたがたと体を震わせています。

港の船も、海も、あっという間に氷で閉ざされてしまいました。

この雪のせいで、アレンデールに集まった招待客たちも、国にもどることができなくなりました。城の中庭では、侯爵が大騒ぎしています。

「女王がこの国に呪いをかけて雪をふらせたんだ！
アナ王女、あなたも魔法が使える化け物なのか？」

「ひどい。私は普通の人間よ。
それに、姉は化け物じゃないわ。」

アナは侯爵にいいかえしました。

侯爵は、ますます人々の心をあおるようなことをいいだします。

「女王が作った氷のせいだ！　このままでは、われわれが危ない。
おまえたち、女王を捕まえてこい！」

護衛のものたちに向かって命令しました。

「待って！　それはやめて！」

アナが侯爵に走りよりました。

「姉さんは怖がっている！　ぜったいに化け物じゃないわ！」

侯爵は目をつりあげました。

「私は、魔法で殺されかけたんだ！」

「ちがうわ！　姉さんはだれも傷つけていない！」

ハンスはいいました。

「でも、きみは、その氷で滑ったじゃないか。」

アナは決意しました。姉を探して、魔法を解いてもらえれば、きっとみんなわかってくれるはずです。アナは自分でエルサを見つけようと決めました。

「私が女王を見つける！　この国を元どおりにしてもらう！

私しかいない。ええ、私がやるべきなんだわ！」

ハンスはあわてました。婚約をしたばかりなのに、アナが真冬の森にでていくというのです。

「ぼくもいっしょに行くよ！」

「だめ。あなたはここにいて。アレンデールのことをお願い！」

ハンスはさびしそうな顔をしました。

「みなさん、今から私は、女王を探しに行きます！

そして、必ず魔法を解いて、雪を溶かしてみせます。

私がいない間、この国のことは、婚約者のハンス王子に任せます。」

アナは、心配するハンスを残して馬に乗り、はげしい吹雪の中に向かって走りだしました。留守にしてもハンスがきっと国を守ってくれるだろうと、安心して出発したのです。

一方、エルサは、深い雪の中をつきすすんでいました。そしてようやく、だれひとりいない雪山のふもとにたどりつきました。あたりは、はげしくふりつづく雪ばかりです。

何もないさびしさよりも、やっと、だれにもえんりょなく生きることができる場所を見つけたよろこびであふれました。

エルサは、手袋をはずしました。そして手をふると、するすると氷の橋がかかります。その橋を渡っていくと、そこには一面に雪だけの世界が広がっていました。

ふたたび手をふると、今度はあっという間に雪の柱ができあがりました。幼いころ、アナと作った雪だるまのオラフも姿をあらわしました。でも、オラフはすぐにどこかへ行ってしまいました。

ようやく、魔法を使っても、だれにもとがめられない世界ができあがったのです。エルサは、ここでひとりでくらすことにしました。そして、アレンデールの城にひけをとらないくらいの、大きな宮殿を作りました。雪の女王に姿を変えたエルサはいいました。

「吹雪は、そのまま吹きつづいていればいいわ。
このままにしておけば、だれも外にでられない。
私を追いかけてくることもないでしょう。」

エルサは、小さいころから女王になるのだといわれつづけ、魔力をかくし、やりたいことを、ずっとがまんしてきました。ほんとうの自分をださないように、自分をおさえてきたのです。

「ここなら、私は自由。ひとりだから、もうだれも傷つけずにすむ。初めてよ。だれにも何もいわれないですむなんて。やっと見つけた。もうぜったいにアレンデールにはもどらない。ここなら人に会わずにすむ。ここなら、かんぺきを求められることもないし。おかしなものね。あんなに苦しんでいたのに、遠く離れると、どうでもよくなったわ。何もかもが、すごくささいなことに思えてくる。

ここは私だけの宮殿。アレンデールには、もう私は必要ないわ。アナがいる。あの子なら、私よりうまくやっていける。ここにいれば、もう安心だわ。」

エルサはそういうと、まるで、自分の閉じてしまった心のように、氷の宮殿の扉も、パタンとしめてしまいました。

氷の国へ

そのころ、アナは、はげしくふりつづく雪の中を進んでいました。

自分がいきなりエルサにつめよったせいで、こんなことになったのです。アナはとても後悔していました。

女王という重い責任で、エルサはつらかったのかもしれません。自分は、ほんとうはエルサのことを思いやってはいなかったのかもしれない。自分のわがままだけで、姉を追いつめてしまったのかもしれない。アナはそう思いました。

「姉さんを見つけたら、謝らなくっちゃいけない。」

考えれば考えるほど、アナはエルサのことが心配でたまりませんでした。親を亡くし、いきなりアレンデール王国を背負うことになったのですから、立場を理解してあげなければいけなかったのです。エルサは、ひとりぼっちで苦しんでいたにちがいありません。

「きっと、ぜんぶ自分の心の中に気持ちを閉じこめちゃったのね。
だから、あんな魔法が使えることも、教えてくれなかったんだわ。
私に打ち明けてくれていたら、あんなことには……。」

アナがひとりでぶつぶついいながら馬に乗っていると、いきなり横から風が吹きつけ、オオカミの遠吠えが聞こえてきました。ひるんだしゅんかん、近くの木の枝がパチンと折れ、その音に馬は驚き、はねあがってしまいました。そのひょうしに馬はアナをふりおとし、そのままどこかへ行ってしまったのです。

「だめよ！　待って！
ねえ！　もどってきてよ！」

馬はふりつづく雪の中に消えてしまいました。空には、オーロラがゆっくりと形を変えながら、あざやかな色をたなびかせています。アナは馬をあきらめ、雪の中を歩きはじめました。

「ああ、まったく、雪の中って、歩きにくいわね。寒いし、うっかりしてると、風邪ひいちゃうわ。こんなに寒いのは、姉さんの気持ちが冷えきってるせいかもしれない。うん、たぶん、そう。だから雪になっちゃったのね。私が姉さんの心を溶かせば、魔法は解けるかもしれない。」

アナはそういいながら、どこか温まる場所はないかと、丘の上を登っていきました。すると、ぎっしりとふりつもる一面の雪景色の中に、白い煙があがっているのが見えました。

「まあ、火を燃やしてるんだわ！　わあ、よかった。」

よろこんだアナは、足を滑らせ、丘をころがってしまいました。冷たい川に落っこちて、ドレスは凍り、まるでこちこちの雪人形みたいです。

「ああ、凍っちゃう、凍っちゃう、凍っちゃう〜。」

ぶるぶる震えながら、煙のほうに向かって歩いていきました。そこは小さな山小屋で、看板がかけてあります。アナは、積もった雪をはらいました。

「オーケンの店って書いてある。よかった！」

木の扉を開けると、中にはさまざまなものが、たくさんおいてあります。足を踏み入れたそのとたん、店の主人がにっこり笑っていいました。

「さあ、夏物大セールだ！　九十パーセント、オフだよ！」

店の主人はオーケンという名の、厚手のセーターを着た大男でした。

「まあ、たくさんそろっているのね。

でも冬物はおいてないの？

たとえば、ブーツとか、冬服はありませんか？」

アナがたずねると、オーケンは冬物がおいてある棚を指さしました。しかし、そこにはほとんど何もありません。夏なのにいきなり吹雪になったので、山小屋には、まえの冬に売っていた残りものしかなかったのです。

アナはブーツとケープを選んで、お金をはらおうとしました。

「こんな吹雪の中を、こんなところに来るなんて。おまえさんはどうかしてるよ。」

店の主人のオーケンは、あきれ顔でアナを見ました。

クリストフ

アナが、オーケンからエルサのことを聞きだそうとすると、いきなり小屋の扉が開きました。

「おっと、なんでこんな吹雪のすごい日に、また客が来るんだ？」

オーケンは、ふしぎそうな顔をしました。

入ってきたのは、全身が雪だらけのクリストフでした。あいぼうのトナカイ、スヴェンの食料と、物資を買おうと入ってきたのです。クリストフは、アナの目の前にやってくると、立ち止まりました。

「えっ？　何かしら？」

アナがそういうと、クリストフはぼそりといいました。

「ニンジン……。きみの後ろにあるんだ。」

アナの後ろの棚にあったニンジンを取り、ほかに必要そうなものをそろえると、クリストフはカウンターの上におき、代金をはらいました。

ところが、オーケンは、そんな値段では売れないと断ります。

「いいかい、外は雪で、食料も、物資も、入らないんだ！　だから値段は安くできないよ。」

クリストフは、氷を売ってお金をかせいでいたのですが、この吹雪でまったく商売にならないのです。

「この雪じゃ、ちっとも氷が売れないんだ。助けてくれよ。真夏のはずが、いきなり山から吹雪が吹きおろしてきて、どうにも商売にならないんだ。」

「おじさん、この人、とってもかわいそうよ！

ほら、外は大雪でしょ。氷なんて売れるわけないもの。」

アナも、クリストフが困っているのを見ていいました。

「おれ様は、商売してるんだ。買わないならでていけ！」

オーケンは怒りだし、クリストフを店の外に投げとばしました。

「うわああ！」

投げとばされたクリストフは、雪の中に頭からつっこみました。店の外で待っていたトナカイのスヴェンは、驚いた顔をしました。

お腹をすかせたスヴェンは、すぐに鼻を鳴らし、クリストフをつつきはじめました。

「悪いな、スヴェン。おまえのニンジンは買えなかったんだよ。」

スヴェンは、ふんと鼻息をクリストフに吹きかけました。でも、鼻息をよけたクリストフは、近くにおんぼろの納屋があるのを見つけました。

「ごめんよ。でも、あそこにただで寝る場所はあるみたいだ。」

一方、クリストフを追いだしたオーケンは、店の扉をバタンと閉じ、こういいました。

「おれは、悪ものじゃあない。さあ、これでおまえさんがほしいものはそろったかな？」

「ええ、これでそろったわ。ありがとう。それと、さっきのをちょうだい。」

アナは、オーケンから冬服とブーツ、そして必要なものを買ってでていきました。さっきの青年が、どうも気になってしかたがなかったのです。それに、ひとりで山を登るのはとても心細かったので、アナは、あることを思いついたのでした。

青年の足あとを追い、納屋を見つけ、中に入りました。クリストフはちょうどリュートを手にして歌っているところでした。アナに気づくと、クリストフは驚いて、歌をやめました。

「お願いがあるの！　私を北の山まで連れていってくれないかしら。」

クリストフは、いきなりの申し出を断りました。

「こんな寒さだし、おれは人をはこぶ仕事はやっていないんだ。必要なものも買えなかったしな。」

すると、アナがクリストフのひざの上に、どさっと袋を投げました。中には、店で買いたかったものが入っていました。

「私、この冬を止める方法を知ってるの。でも、北の山に行かないとできないのよ。考えてみてちょうだい。」

クリストフは、冬を止めることができるという言葉に、気持ちが動きました。夏にもどれば、また氷が売れるようになるのです。でも、あいぼうのスヴェンにやるニンジンがありません。

「おまえさん、ニンジンを買うのを忘れただろ？」

またもや、アナはどさっと袋を投げつけました。

「あら、ごめんなさい。ちゃんと買ってあったのよ。」

クリストフは、いっしょに行くことに決めました。

「よしっ！　夜明けに出発だ！」

「いいえ、今から出発するの！」

アナはクリストフをせっついて出発させることにしました。ほんとうは、こんなに思いきったことをいうのは初めてです。内心はどきどきでした。

お互いに名前を教え合い、ソリに乗りこみました。アナは、ソリに乗るのは幼いころ以来でしたし、こんな大きなソリは初めてでした。クリストフは、なぜこんなことになったのか、アナにたずねました。

「ところで、どうして女王は急に雪なんてふらしたりしたんだ？」

「ぜんぶ、私のせいだと思う。私、ある人と婚約したんだけど、それをエルサ姉さん、じゃなくて、女王が怒っちゃって。その日に会ったばかりの人と結婚なんて認めないといわれたの。」

そして、エルサが怒って手をふりはらうと、あたりが凍りつき、雪がふりだしたのだと話しました。

クリストフは、アナの話を聞いてあきれはてました。

「おいおい、知らない人には気をつけろって、今まで親に注意されたことはないのか？」

「ええ、もちろんあるわ。」

そういえば、クリストフも知らない人だったと気がついて、アナは視線をそらし、少しだけクリストフから離れて座りなおしました。

「そうかい。じゃあ、そいつの名字は知ってるのか？」

「たぶん、サザンアイルズかな？」

「じゃあ、そいつの好きな食べ物は？」

「たぶん、サンドイッチかな？」

「じゃあ、親友の名前は？」

「うーん。たぶん、ジョンだわ。」

「目の色は？」

「すてきな色よ。」

「おいおい、一日で、そいつのことがぜんぶわかるわけないだろ？」

アナはそれでも、きっぱりといいました。

「でも、彼には私とおなじところがたくさんあるの。これは真実の愛よ！　それに王子様だわ。」

「知らないことばっかりで、真実の愛とは思えないけどな。」

クリストフはいいました。

「まあ、あなたってずいぶん愛にくわしいのね？」

「そうでもないさ。でも、友だちが、愛の専門家だからね。」

クリストフからすると、あまりにもかんたんに人を信じてしまうアナが信じられません。

「あきれてものがいえないね。

いつかおれの友だちの愛の専門家に、よく聞いてみるといいさ。」

クリストフはそういうと、つぎに何かいおうとしたアナの口をふさぎました。

ランプを手に取り、まわりを見まわします。

「スヴェン！　速く走るんだ！」

クリストフは、暗い森の中で、ぎらぎらと目を光らせるオオカミたちに気がついたのです。

「いったい、何？」

「これはまずい！　オオカミだ！」

クリストフは松明に火をつけました。

「ねえ、どうしたらいいの？」

勢いよく走るソリにつかまりながら、アナはクリストフに聞きました。

「きみはただ、オオカミに食われないようにするんだ。」

「私も、手伝うわ！」

「断る！　悪いが、きみの判断力はぜんぜん信用できない。」

「なんですって！」

そのとき、オオカミがソリに飛びかかってきました。クリストフは松明の火でオオカミを追いはらい、足でけとばしました。しかし、オオカミはつぎつぎと襲ってきます。

クリストフはソリから引きずりおろされそうになりながら、必死で手綱をにぎっています。そこへ、後ろからまたオオカミが飛びかかってきました。アナはソリの荷台にあった毛布に火をつけ、クリストフにいいました。

「頭をふせて！」

アナは、燃える毛布をクリストフにくらいつくオオカミたちに投げ、追いはらいました。

「大事な毛布になんてことするんだ。」

クリストフは怒りましたが、アナはいいました。

「でも、あなたを助けたでしょ？」

ところが今度は、スヴェンの向かう先に、大きな割れ目がありました。このまま進んでいったら、落ちて、きっと命はないでしょう。

「今度は、おれのいうことを聞くんだ！」

クリストフはアナをスヴェンの上に乗せ、スヴェンの引き具をソリからはずしました。

「スヴェン！　全力で飛び越えろ！」

スヴェンは、アナを乗せて割れ目を飛び越え、クリストフも手綱をつかんでいたのでなんとか落ちないですみました。手綱を引き上げてもらい、命拾いしました。

でも、ソリは、崖の下に落ち、松明の火が移り、燃えてしまいました。それを崖の上から見たクリストフはため息をつきました。

アナはもうしわけなさそうな顔をしていいました。

「ごめんなさい。城にもどったらぜんぶ弁償します。ああ、でも、もう私といっしょにこの先へ行く気は、なくしたわよね。こんなことがあったら、二度とだれも助ける気にはならないわよね。」

クリストフはたしかにそうだと思いました。アナといっしょにいるせいで、たいせつな持ちものをすべて失ったのですから。

クリストフはスヴェンに相談しました。スヴェンは、人の心が読めるトナカイなのです。

するとスヴェンは、アナを心配し、いっしょに旅してやれと、すすめているかのように見えました。それに、最後までアナといっしょに行かなければ、弁償してもらえるものも、もらえなくなります。

クリストフは思いなおしました。

「よし、わかった。おれたちも行くよ。」

アナはうれしそうにぴょんと飛んで、いいました。

「ついてくるの？　ええ、いいわよ。それならついてきても。」

ちょっと生意気にこたえたアナですが、この先をひとりで進むのは心細かったので、正直ほっとしました。

そしてアナとクリストフは、とぼとぼと雪の中を歩きつづけ、やがて、すばらしい雪景色がながめられる場所に着きました。

ふしぎな声

アナも、クリストフも、柳の木に積もった雪に、見とれてしまいました。雪が陽の光で、きらきらと宝石のようにかがやき、この世のものとは思えないほどの美しさなのです。

柳の枝に積もった雪が凍り、それぞれが風でぶつかりあうごとに、すてきな音がするのです。

アナとクリストフとスヴェンは、しばらくその音色と景色にうっとりしました。

「私、知らなかった。

冬がこんなに美しいなんて……。」

アナがつぶやきました。

すると、後ろを歩いていたスヴェンのほうから声が聞こえてきました。

「そうさ！　だけど、白すぎない？　目がいたくならない？

ちょっとくらい色がほしいよね？

たとえば、赤いリンゴ色とか、緑とかさ。

きみは何色だったらいいかな？」

あたりを見ると、後ろの木陰から、ちょこちょこと雪だるまがでてきました。

「やあ！」

雪だるまがしゃべりました。

「きゃあああ！」

アナはびっくりして、雪だるまの頭をけとばしてしまい、その頭はクリストフの手の上に落ちました。

クリストフもびっくりして、アナに投げかえしました。

「き、気味が悪い。こんなの、いらないよ！」

アナは受け取った頭を、ふたたびクリストフに投げかえしました。

「わ、私も、こんなのいらない！」

ふたりが何度か投げ合っていると、ようやく、雪だるまの胴体も歩いてきたので、アナは頭を雪だるまの体に渡しました。

「ちょっと、出会い方が悪かったね。」

雪だるまはふたりに謝ります。アナは、持っていたニンジンを雪だるまの顔に刺してやりました。

「うわ、冗談だろ？　すごい！　ぼく、ずっと鼻がほしかったんだ！　ありがとう！　さて、あいさつするね。

ぼく、オラフ。あったかいハグが大好き！」

アナは、オラフの顔を見て、はっとしました。

「まあ、あなた、オラフ？　オラフね！」

オラフは小さいころに作った雪だるまだと、アナは思い出しました。

オラフはふしぎそうに聞きました。

「きみの名は？」

「アナよ。」

そしてアナは、もう一度聞きました。

「あなたは、エルサが作ったオラフなの？」

「そうだよ。なんで？」

「エルサがどこにいるか、知ってる？」

「もちろん、知ってるさ。でも、なんで？」

オラフがいうと、アナがまた聞きました。

「エルサがいるところまで、道案内できる？」

アナがオラフに聞いている間じゅう、クリストフは、オラフの枝のような手を取って、どういう仕組みなのか確かめようと、引っぱってみました。すると、オラフの手は勝手に動いて、クリストフの顔をパチンとたたきました。

オラフは自分の手をクリストフから取って、自分の体にもどしていいました。

「ぼくは、今、アナと話してるんだから。勝手に手を取らないで。

それで、アナ、エルサのいる場所までなら道案内できるよ。でも、なんで？」

すると、クリストフがきりだしました。

「おれが、こたえるよ。エルサに夏をもどしてもらいたいんだ。」

「夏？　ああ、いいねえ。ぼく、夏にあこがれているんだ。」

クリストフは、オラフに聞きました。

「ほんとか？　おまえ、夏を経験したことなんて、ないように見えるけど。」

「ないよ。だけど、うわさに聞いてる。

すっごく、すてきだって聞いてる。

ときどき目を閉じて、思い浮かべるんだ……。

夏が来るってどんな感じかなあって、想像するのが好きなんだ。」

オラフは目をかがやかせていいました。

真夏の砂浜やヨット、カモメと遊ぶ自分を思い浮かべて歌いはじめました。

♪ミツバチがぶんぶん　タンポポの綿毛がふわふわ
♪ぼくは、砂浜に寝そべって　ジュースを飲んで
♪ゴージャスに日焼けする　ヨットで海を旅する
♪あったかいチョコレートを飲んで　お風呂でのんびりするんだ

「おもしろいやつだな。だけど夏になったらどうなるか、教えてやらなきゃな。」

クリストフがあきれていいましたが、アナが止めました。

「だめよ。せっかく、想像して楽しんでいるんだから。」

「夏が楽しみだなあ！」

オラフはまだ想像しているようです。

「だから、早くあいつに教えてやらなきゃなあ。」

アナは、クリストフの口をおさえて止めました。

「ところで、そこの、おかしな顔のやつの名前は？」

オラフに聞かれたアナは、それがスヴェンのことだと思って教えました。

「あれは、スヴェンよ。」

するとオラフは、クリストフの名前を聞きました。

「で、こっちのおかしな顔のやつの名前は？」

「だから、スヴェンよ。」

「へえ～　スヴェンっていうんだ。」

どうやらアナは、オラフがまたスヴェンのことを聞いたのだと思い、オラフはオラフで、クリストフの名前もスヴェンと思いこんでしまったようです。

「さあ、エルサのところに行くのよ！」

アナはみんなにいいました。

早く夏が見たいオラフは、真っ先に歩きだしました。

さて、そのころアレンデールでは、いきなりの真冬で大変なことになっていました。

港に停泊する船は氷でおおわれ、デッキにも雪が積もっています。船は雪の重さできしみ、広場ではたき火がたかれ、人々は互いに体を温めています。

ハンス王子は、人々にマントを配り、はげましていました。

「さあ、マントだ。温かいですよ。マントが必要な人はいませんか？」

そばではたき火を燃やそうと準備している人たちが、少ない木で長く火を燃やそうと工夫をしていました。

「いやいや、それは下向きにしたほうがよく燃えるし、長もちするぞ。」

「それなら、こうしてみようか？」

だれもがあちこち探して、燃やせそうなものをかきあつめています。

吹雪は、エルサがいなくなってもいっこうにやむ気配がありません。

アナは、エルサをアレンデールに連れて帰り、魔法を解いてもらおうと山に探しに行く。山小屋で知り合ったクリストフは、アナに頼まれいっしょに探すことになる。しかし、姉がどこにいるのか見当もつかず、ふたりは困りはててしまう。

柳の木に積もった雪が凍って、風が吹くと枝がぶつかりあって音がする。美しい雪景色の中で、氷のかなでる音に、アナとクリストフはうっとりする。

アナとクリストフが、雪の美しさに見とれていると、どこからともなく雪だるまがやってきて、話しかけてくる。それはエルサが作った雪だるまのオラフで、エルサの居場所を知っているという。アナが、エルサに魔法を解いてもらい、アレンデール王国を夏にもどしてもらうのだというと、オラフはよろこんでふたりを案内する。

オラフは、雪だるまだけれど、しゃべれるし、夏にあこがれている。いつかビーチに寝そべり、ジュースを飲みながら、日焼けをするのが夢だ。

アナにアレンデール王国を頼まれたハンスは、人々にマントを配り、はげましてまわる。寒さに苦しむ人たちはハンスに感謝する。アナが、なかなかエルサを連れてもどらないので、侯爵たちは不満をつのらせる。

アナがエルサを探しに行くときに乗っていた馬が、もどってきた。みんなは、雪山でアナが行方不明になったと思い、ハンスたちが探しに行くことになる。侯爵の護衛の男たちも、それに加わることになる。

「城の門は開けてあります。食堂では温かいスープも用意してあります。お腹をすかせた方は、自由に入って体を温めてください。」

ハンスは、アナに任されてから、人々のために働くよろこびを感じていました。自分の国ではのけものにされてきたのが、ここでは注目を浴びる存在です。

そこへウェーゼルトン侯爵がやってきました。

「ハンス王子、あとどれくらいこの冬が続くんだ？

ほんとうにアナ王女を信じていいのか？

このまま、われわれは凍えてしまうのではないか？」

ハンスは、侯爵にいいました。

「アナ王女がもどるまでお待ちください。

彼女をうたがってはいけない。ぼくは彼女からこの国を頼まれた。

王女をうたがうものは、反逆罪ですよ。」

ハンスは、侯爵にきっぱりといいました。

そこへ、馬のいななく声がして、村の人たちが騒ぎだしました。

ハンスがいそいで騒ぎが起きているほうへ行くと、そこにはアナの乗っていった馬がいました。人々は口々に不安そうな言葉をいっています。

「これは、アナ王女の馬だ！　王女が乗っていないぞ！」

「いったい、王女に、何があったんだ？」

「王女がいないってことは？

きっと冬山で何かあったにちがいないぞ。」

ハンスは、馬の首元に手をおき、山のほうを見あげました。みな、アナがもどらなかったので、うろたえています。

「アナ王女は生きているはずだ。助けが必要だ。

ぼくと、王女を探しに行くものはいないか？」

侯爵は、自分のふたりの護衛のものをさしだし、ほかにも何人もの力自慢たちが手をあげました。

氷の宮殿

そのころ、アナたちは、オラフのあとに続いて、山の中を進んでいました。

クリストフはまだ、アナの話を信じきれません。エルサがとつぜん城から逃げだしたというのが、どうもひっかかるのです。

「とにかく、姉さんは私に会いたがっているはずよ。頼んで夏にもどしてもらうの。」

「ほんとかな。山の中に逃げこむなんて、きっと、ひとりでいたい人なんだよ。」

「ひとりでいたい人なんていないわ。」

アナはきっぱりいいました。

クリストフが考えるに、エルサが逃げだしたのは、きっとひとりになりたいからで、アナがいうほどかんたんにことがおさまるようには思えませんでした。

そのうち、アナたちはオラフの導きで、険しい山の斜面にそびえたつ氷の宮殿のたもとまでやってきました。

宮殿に続く長い橋も、氷でできていました。

その橋をオラフはうれしそうに、ぴょんぴょんと進んでいきました。

「ほら、ここだよ。ここ、ここ。さあ、みんなも続いて！」

オラフのあとに続き、アナもそこを歩きはじめました。つぎにスヴェンがあとに続こうとすると、つるつると滑り、うまく渡れません。

クリストフがいいました。

「スヴェン、それじゃあ、いつまでたっても渡れないよ。

今は時間もないからな。おまえはここで待ってろ。」

そしてアナのあとを、クリストフもついて渡っていきました。

入り口にようやくたどりつくと、氷の扉は、分厚く、がんじょうそうです。

アナは、いざ扉をたたこうとしましたが、少しためらいました。

「だいじょうぶ。ノックすればいいだけだよ。

エルサはいるよ。思いきってやってみて。」

オラフがそういったので、アナがノックすると、扉が開きました。

「姉さん？」

アナは中に入りました。

クリストフとオラフがいっしょに中に入ろうとすると、アナは止めました。

「クリストフ、ここで待ってて。

まえに男の人を姉に会わせたら、すべてを凍らせちゃったから。

オラフ、あなたも一分だけ待っていて。」

するとオラフは、雪の階段に腰かけ、さっそく一分を数えはじめました。

「一、二、三、四、五……。」

宮殿の中は透きとおるような氷の壁や柱でできています。
「エルサ姉さん！　私よ！　アナよ！
ねえ、返事をして、エルサ姉さん！」
なれない氷の床に、アナは足を滑らせてしまいました。
「まあ！　アナ！　だいじょうぶ？　気をつけて。」
どこからともなく、エルサの声が聞こえてきました。
「その声は……。姉さん？」
上の階にあるバルコニーのものかげから、エルサが姿をあらわしました。
「エルサ姉さん！　会いたかった。元気にしていた？
ああ、とても、きれいよ。少し変わったけど、ほんとうに、すごくすてき。」
やっと会えたアナからは、ようやくうれしそうな笑顔がこぼれます。
ふたりは手を取り合いました。
しかし、エルサの手は、氷のように冷たくなっていました。

アナはエルサに謝りました。

「私さえ、秘密を知っていたら、あんなことにはならなかった。ごめんなさい。」

エルサはアナにいいます。

「アナ、いいの。私はだいじょうぶよ。おかげで自由になれた。ここは、とても居心地がいいの。だれにもしばられることはないし、追われることもない。ひとりだから、えんりょする必要もない。こういうことになって、むしろ、あなたに感謝してるわ。」

エルサは、ハンス王子との結婚も、もう反対しないというのです。アナは驚きました。

そこへ、一分待ってといわれていた、オラフがやってきました。エルサは、自分が子どものころに作りだしたオラフに気づき、幼いアナに魔法をかけてしまったことを、思い出しました。倒れた幼いアナのことが目に浮かびます。やはり、また、だれかに魔法をかけてしまうのが怖いのです。

「アナ、あなただけ、帰りなさい。」
エルサは、つらそうにそういいました。
「私だけ、帰る？　エルサ姉さん、いやよ！」
アナはエルサにいいます。
「お願い、もう、私のことをしめださないで。
だって……私、やっとわかったの。怖がることはもうないのよ。
私たちは、ふたりで問題を解決しなくちゃいけないって。」
アナは、どうしてもエルサといっしょに帰りたいと、くいさがりました。
でも、エルサは、まだ魔力をコントロールできないことを恐れ、帰りたくないのです。
「ここにいれば、だれも私に近づかない。
そうすれば、みんな安全なの。
私がここにいれば、何も起こらないわ。」

「エルサ姉さん、それがちがうの。姉さんが魔法を解いて、夏を取りもどしてくれないと、アレンデールは寒さで大変なことになるの。」

アナから、国が凍りつきそうだと聞いて、エルサはびっくりしました。

「知らなかったわ。でも、氷を溶かす方法がわからないのよ。」

エルサは、ますます国にもどるのが怖くなりました。その思いが強くなり、氷の宮殿の中で、雪がはげしくうずを巻きはじめました。

「恐れる必要はないわ！

エルサ姉さん、私といっしょに解決できる。」

アナは必死にエルサの心を落ちつかせようとしました。

「だめ！　魔力をコントロールできないの！

ひどくなるばかりだわ。」

エルサは首をふって、さらに心を乱しました。

「怖いの！　アナ、あなたもここにいると危険よ！」

「姉さん、だいじょうぶ。いっしょに立ちむかえるわ。夏を取りもどすの！」

「私には、できない！」

エルサがそういったとたん、魔力が部屋全体に満ちて、アナの心臓に当たってしまいました。

アナはいたくて、胸をおさえてかがみこみます。

ちょうどそのとき、クリストフがやってきて、苦しそうにうずくまっているアナにかけよりました。

「アナ！　だいじょうぶか？」

「ええ、だいじょうぶよ。なんともないわ。」

アナは、なんとか立ち上がりました。

「アナ、だれが来ようと、私の気持ちは変わらない。
あなたたちだけアレンデールに帰りなさい。」

エルサが強くいっても、アナはなっとくしません。

「だめよ。私たち、いっしょに解決しなきゃだめなのよ。」

クリストフは氷の壁がきしみ、ひびが入りはじめたのを見ていいました。

「アナ、今は帰るべきだと思うよ。」

エルサも悲しそうな顔をしながら、きっぱりといいました。

「アナ、私はもういいの。

ほっておいてちょうだい！

さっさと、帰りなさい！」

そういうと、大きく腕をふりあげ、巨大な雪だるまのマシュマロウを作りだしました。マシュマロウは、アナたちを宮殿から追いだそうと、襲いかかってきます。

アナとクリストフは、氷の階段からつきとばされ、宮殿の扉のところにいたスヴェンのそばに落ちました。その後ろから、マシュマロウは、オラフをつかんで、アナたちに投げつけてきます。

「わあああ！」

オラフがアナたちをめがけて、飛んできました。

アナが頭を下げてオラフをよけたので、オラフは後ろに積もっていた雪の上に落ちました。

「まあ、なんてひどい。おなじ雪だるまに対して、失礼じゃないの！」

アナは怒りだし、マシュマロウに雪の玉を投げつけようとしました。それを、クリストフがあわてて止めます。

「おいおい、落ちつけ！」

マシュマロウは、アナに叱られてふきげんになり、ふたたび追いかけてきました。オラフは、自分がおとりになって、アナたちを先に逃がそうとします。

「ぼくが、あいつの目を引くから、みんなは逃げて！」

マシュマロウの気を引きつけようと、オラフはおどけながら飛びだしました。

ところが、オラフの胴体は、何を思ったか、アナたちの行く方向に走りだしました。

「おいおい、おまえは、こっちだよ！」

オラフは自分の胴体を呼んでいっしょに逃げだしました。マシュマロウは、おもちゃみたいなオラフをつかもうとしますが、すばしっこく逃げるので、あたふたしています。

アナとクリストフは、オラフが時間かせぎをしている間に、走って逃げましたが、行き止まりにつきあたってしまったのです。その先には険しい崖があり、ふたりはあやうく落ちるところでした。

クリストフはひざをついて、雪を掘りかため、ロープの先を固定しようとこころみます。そして、もう片方のロープを、アナの腰にくくりつけました。

「どうするつもりなの？」

アナはクリストフに聞きました。

「雪をかためて、ロープを固定する。万が一落ちても、下はふわふわの枕の上に着地するようなもんだ。」

アナを安心させようと、クリストフはいいました。

クリストフは、アナをうまく下におろそうとしていたのです。ところが、アナはおりる合図をまちがえ、先に飛びおりてしまいました。引っぱられたクリストフも落ちてしまいます。

そのうえ、落ちる途中でマシュマロウにロープをつかまれてしまいました。

マシュマロウは、ふたりに向かってさけびます。

「エルサのところには、二度ともどってくるな。」

「もちろんよ。もどってなんか、こないわ！」

アナは、そういうと、ナイフを取りだしてロープを切りました。クリストフともども、真っ逆さまに落ちていきます。そのあとを、マシュマロウに飛ばされたオラフも落ちていきました。

崖の下はふわふわの雪です。クリストフの予想どおり、みんな助かりました。

「ほんと、あなたのいうとおり、枕みたいだったわ！」

雪にはまりこんでしまったアナは、横にオラフとクリストフがいるのを見て安心しました。クリストフは、先に雪の中からはいだすと、アナに手をかして引っぱりだしました。

「だいじょうぶか？」

「ええ、だいじょうぶ。」

アナとクリストフはじっと見つめ合いました。アナはにっこりしましたが、クリストフは心配そうです。

「ああ、でも、どうしよう。姉さんがいなければ、冬のままよ。アレンデールにもどれないし、あなたの氷を売る仕事だって……。」

「おいおい、おれの商売のことは気にするな。姉さんの話もだ。それより今は、その自分の髪のことを心配したらどうなんだ？」

「えっ？」

クリストフはアナの髪の毛が真っ白になっているのを見て、ただごとではないと気がつきました。

幼いころ、氷を切りだしに行ったとき、おなじような光景を見かけたことを思い出したからです。髪の毛が少し白くなった女の子が、トロールのところに連れていかれたのです。きっとトロールなら救ってくれるはずです。

「おまえさんには、助けが必要だ。いっしょに行こう。」

アナはきょとんとしました。そこまで深刻には思っていませんでした。

「わかったけど、どこへ行くの？」

アナがたずねると、クリストフはいいました。

「ぼくを育ててくれた友だちのところだ。まえに話した愛の専門家たちのことさ。」

クリストフは、アナをかかえて、合流したスヴェンに飛び乗りました。

トロール

「寒いか？

あと、もう少しだからな。」

クリストフたちは、なんとかトロールのくらす谷に、たどりつきました。しかし、さっきより、アナはつらそうな顔をしています。

「ちょっと、待ってろよ。」

クリストフは先に歩いていくと、そのあたりにごろごろころがっている岩に向かってしゃべりだしました。

「やあ、ひさしぶり！

元気だったかい？

あれ、ちょっと太った？」

その様子を見たオラフは、そっとアナにいいました。

「アナ、あいつ、へんだ。ぼくが気を引くから、その間に逃げなよ。」

アナも、さすがに岩に話しかけるクリストフはおかしいと思いました。

「ええ、ほんと。わかったわ、オラフ。」

でも、クリストフはアナのほうをふりむいて、いいました。

「これが、友だちの、いや、家族みたいな愛の専門家たちだよ。」

「まあ、そう。わかったわ。岩が専門家なのね。知らなかった。今までいろいろありがとう。でも、私、もう行かなきゃ。」

すると、とつぜん岩はごろごろと動きだし、トロールに姿を変えたのです。

「いいかい、アナ。トロールたちは、あらゆることにくわしいんだ。」

クリストフが話していると、トロールたちが集まってきます。みんな、クリストフが来たので大よろこびです。

「クリストフじゃないか！　お帰り！」

「あんたがいなくて、さびしかったよ。」

それを聞いたオラフはびっくり。クリストフの名前を初めて知ったのです。

なかには子どものトロールもいて、クリストフにあまえてきました。

「ねえ、クリストフ、ハグしてよ！」

みんな、口々に、クリストフにいいたいことをしゃべりまくると、つぎにアナを見ていいました。

「わっ、女の子を連れてきた！」

「えっ？　あのクリストフが？　女の子？」

「ほんとだ。クリストフが女の子を連れてきた！」

今度は、アナのまわりにおしよせます。

「なんて、きれいな目。それによくききそうな鼻と、じょうぶそうな歯だ。

この子は、あたしたちのクリストフにぴったりだ。」

女のトロールがそういうと、別のトロールもあいづちを打ちます。

「ほんとだ。クリストフにぴったりの女の子だ。
ふたりとも気が合いそうだね。きっとうまくいくはずさ。」
クリストフはあわてて、みんなを止めました。
「いや、みんな、ちょっと待ってくれ。
この子をここに連れてきたのは、そういう意味じゃないんだ。」
クリストフがしゃべろうとすると、別のトロールがアナにいいます。
「ねえ、これほどの男に、どうして消極的なんだい？
ほんとに思いやりがあるし、頼りになるよ。
まあ、ちょっとめんどうなところはあるけど、これほどいい男はいないよ。
それに、欠点なんて、ふたりでいっしょに直せばいいさ。」
トロールたちは、どんどんもりあがっていきます。
「あたしたちは、愛の専門家なんだ。
この子の考えていることはぜんぶお見通しさ。」

クリストフは困った顔をして、みんなを止めました。

「おい、もうその話はやめてくれ。深刻な問題があって、ここに来たんだ。パピーと話をさせてくれ。

いっておくけど、あの子はほかの男と婚約してるんだよ。」

するとトロールたちは、円陣を組んで、しゃべりはじめました。

「婚約してるってさ！」

「でも、婚約だろ？　結婚してるわけじゃないだろ？」

「うん。婚約指輪だってしてないもんな。」

トロールたちは、クリストフとアナの雰囲気がよいので、ふたりをくっつけたくてしかたがありません。

「こりゃあ、愛の専門家のアドバイスが必要だ。

あのふたりは、自分で思っていることをちゃんと伝えていないね。

それに、婚約者がじゃまだ。そいつがいなくなれば、すべてうまくいく。」

トロールたちは妙なことをいいだしました。すると、困りきったふたりのところに、トロールのいちばんの長老、パピーがやってきました。

「このふたりが来たのは、そんなことのためではない。
さあ、ふたりとも、こちらに来なさい。」

パピーはアナの具合を確かめました。

「アナ、おまえの心臓には、氷が刺さっている。エルサの魔法のせいだな。
その氷を溶かさなければ、おまえは永遠に氷になってしまうだろう。」

アナは驚きました。

「パピー、その氷を取りのぞいてほしいんだ。」

クリストフがそう頼むと、パピーは残念そうにいいました。

「わしにはできない。凍った心臓を溶かせるのは、真実の愛しかないのだ。」

すると、トロールのひとりがぽつりといいました。

「その真実の愛って、つまりキスのことかな？」

クリストフは、それを聞いて、すぐにアナをハンスのいる城へ連れていくことに決めました。

「行くぞ、スヴェン、オラフ！　城のハンスのところへ行くんだ！」

クリストフは、アナをスヴェンに乗せ、自分が支えるように、その後ろに乗りました。

「ありがとう、パビー。」

クリストフは礼をいうと、オラフたちとともに、出発しました。

残されたトロールたちは、口々に、残念がって見送りました。

「まったくねえ、あのがさつな男は、なんで気がつかないんだ？」

「あの子も、わかっているように見えたんだけどね。」

「いやいや、きっと気がつくはずだよ。あたしにはちゃーんと見えてる。」

「愛っていうのは、近いところにあるほど、気づきにくいんだ。」

トロールたちには、ふたりのほんとうの気持ちがお見通しのようでした。

アナたちがトロールをたずねていたころ、ハンス王子は、家来たちを連れ、エルサの氷の宮殿にたどりつき、アナを探そうとしていました。

「いいか、ここに来た目的は、アナ王女を見つけることだ。エルサ女王には、危害を与えないようにするんだ。わかったな？」

侯爵の命令でハンスについてきた護衛の男たちは、にやりとしました。

すると、とつぜん、大きな雪だるまが、どさっとハンスの後ろにあらわれました。マシュマロウでした。マシュマロウは、氷のこぶしをたたきつけ、家来たちをけちらしていきます。

侯爵の護衛の男たちは、エルサを見つけ追いかけていきます。

「やめて、私に近づかないで。お願い。」

追いつめられたエルサは、必死で頼みました。しかし、男たちはエルサに矢を放ってしまいました。侯爵に女王を始末するよう、いわれてきたのです。

エルサはしかたなく、氷の矢を放ち、男たちを動けなくしようとしました。

ハンスはマシュマロウと戦い、なんとかマシュマロウの足をうばって、倒しました。そしてエルサのいる部屋に向かいました。

ちょうどエルサは、侯爵の護衛の男たちを追いつめていたところでした。

「エルサ女王！　何をされるんです？　やめてください！」

ハンスのさけび声にはっとして、エルサは手を止めました。そのしゅんかん、護衛の男が、ふたたびエルサをねらって矢を放とうとしました。それを見たハンスが、とっさに男をおさえると、その矢は天井につるさがっているシャンデリアの鎖に当たり、エルサの上に落ちてきたのです。

エルサはなんとかよけましたが、気を失ってしまいました。

うらぎり

目をさましたエルサは、まわりを見まわしました。石の壁にかこまれた部屋で、窓があります。鎖につながれた鉄製のカバーが手にはめられていて、思うように動けません。

エルサはなんとかして窓の近くに寄りました。窓の外には、アレンデールの広場と港が見えました。しかし、吹雪がのみこむように吹き荒れ、船も花も木も、何もかも凍りついていました。

「私、何をしてしまったの？
どうしてここにいるの……。」

エルサは悲しくつぶやくのでした。

「あなたにも、ここにもどらなければならない理由があるのですよ。」

石の部屋に、ハンス王子が入ってきました。

「私は、アレンデールにとって危険なの。アナは？　アナはどこ？」

エルサは、真っ先にアナと会いたがりましたが、ハンスはきっぱりといいました。

「アナはまだもどっていないのです。あなたは、魔法を解いて、夏にもどしてくれさえすればよいのです。」

エルサは、うつむいていいました。

「私には、できないの。どうやって魔法を解けばいいのか知らないの。」

ハンスには、どうやら、エルサが正直にそういっているとわかりました。

「やれるだけのことは、やってみますよ。」

そういってハンスは部屋をあとにしました。外の雪はさっきよりもひどく吹き荒れています。エルサの気持ちが空に届いているかのようです。

吹雪が吹き荒れる中を、一頭のトナカイが、まっすぐにアレンデール王国の城に向かっていました。クリストフとアナたちです。

体がどんどん冷たくなっていくアナが、クリストフは心配でたまりません。

「アナ、がんばるんだ！　もう少しで着くからな。スヴェン！　もっと速く走るんだ！」

クリストフたちは、なんとか村のはずれに到着したのです。

まず最初は、オラフがだれにも気がつかれないように、こっそり城に入ることにしました。生きている雪だるまといっしょでは、すんなり城に入れてもらえそうにはないからです。

「いいか、人に見つからないように気をつけるんだぞ！」

「ああ、わかってるよ！　じゃあね！」

クリストフたちと別れたオラフは、ぴょんぴょんとはねながら村に入っていきました。

ところが、さっそく人に見つかってしまったのか、人の悲鳴が聞こえてきました。やがて、クリストフたちも、城の入り口に着きました。

「アナ王女！」

門の外を守っていた兵士がさけびました。クリストフは、アナをスヴェンからおろしました。

「ありがとう。あなたは……。」

アナはクリストフにお礼をいおうとしますが、力がでません。そのうち、城から家来たちが飛びだしてきました。

「王女様！　ご無事で。ああ、わたくしは心配で病気になりそうでした。」

家来のひとりがいいました。

「とにかく、王女を早く温めてやってくれ。それからハンス王子を呼んで。」

クリストフは、アナを家来たちに渡しました。

「ええ、わかりました。王女様、まいりましょう。」

クリストフは、アナから離れたくないと思いましたが、アナを救いたい一心でした。

家来たちはアナをかかえて、城の中に入っていきます。開いていた城の門は、クリストフたちの前でバタンと閉じました。

アナを助けられるのはハンスだけです。スヴェンとともに、城をあとにしました。

そのころ、ハンスは、ふたたびアナを探しにでようと、各国の高官たちと話をしていました。

「王子、もう、身の危険をおかしてまで、探しにでることはなりません。」

でも、ハンスは、まだあきらめきれません。

「だが、王女の身が心配です。もしものときは……。」

すると別の高官たちがいいました。

「そのときは、婚約者のあなたが、アレンデールを守るしかないでしょう。」

「エルサ女王があんなことになり、アナ王女もいなくなれば、残るのは、ただひとり、つながりのある婚約者のあなたしかいない。」

ハンスが考えこんでいると、アナの無事を知らせに家来がやってきました。

「ハンス王子！　ここにいらしたのですね！　アナ王女がもどられました。」

そこには、家来に支えられたアナがいました。ハンスは思わず、アナにかけよりました。

「アナ王女！」

アナはハンスの胸にくずおれました。

「ハンス、今すぐキスしてちょうだい。」

みなが集まるなか、いきなりいわれたハンスは、とまどいました。

「アナ王女、落ちついて。」

まわりにいたものたちは、ようやくハンスに会えたアナが、うれしさあまって、いったのだろうと思いました。

「おやおや、ここはおふたりだけにしてあげましょう。」

ふたりを残して、全員が部屋からでていきました。

「いったい、何があったんだ？

それに髪の毛が真っ白だ。」

ハンスは、いきなりのことに驚いています。

「エルサ姉さんの魔法にやられたの。」

「きみは、姉さんが人を傷つけるわけがないと、いってたじゃないか？」

「私がまちがっていたわ。」

アナはさびしそうにいうと、力がぬけてよろけました。

ハンスがアナをソファーに座らせると、アナは話しはじめました。

「エルサ姉さんにアレンデールへもどって、ふたりで解決しようといったの。

でも、姉さんは、自分では魔力をコントロールできないって。

そしたら、急に魔力が満ちて、氷が心臓に刺さってしまったの。」

その後、トロールに会いに行って、真実の愛しか刺さった氷を溶かすことはできないと告げられ、ハンスのところにもどってきたことを伝えました。

ハンスにも、アナがすぐさまキスを求めてきた理由が、ようやくわかりました。

「真実の愛のキスが、必要なんだな……。

それがなければ、きみは、助からないっていうことか。

ほんとうにきみを好きな人がいれば、助かったんだろう。」

ハンスはほほえんで、ゆっくりとかがみ、アナに顔を近づけました。

「たしかに、きみを愛する人なら治せるだろうけど。」

「ハンス、どういうこと？」

すぐにでもキスをしてくれるものと思っていたアナは、ハンスのその言葉に驚きました。

ハンスは、アナのそばを離れました。

「きみは、おかしいと思わなかったのか？　まったく、どこまでもお人よしなんだな。」

ハンスは、窓のカーテンをしめました。以前のような、やさしくて、思いやりのあるハンスの顔ではありません。とても冷たく、アナが初めて見るハンスでした。

「愛しているっていってくれたでしょう？」

「ぼくの国では、ぼくは十三番目の王子で、国のあとを継ぐことなんてむりな話だった。だから、よその国の王女と結婚して、その国の王位を手に入れるしかなかった。」

ハンスは語りはじめました。

「そして、ちょうどきみは、恋人をほしがっていた。だから、ぼくと結婚する気にさせればよかったわけさ。」

ハンスは、テーブルにあった水差しを取り、燃えさかる暖炉に近づきました。

「そして、ぼくは考えた。きみをだますのは、かんたんだ。ぼくたちが結婚してから、エルサにちょっとした事故があれば、うまいこといくだろうってね。」

そういうと、ハンスは、水差しの水で、暖炉の火を消しました。

「火を消さないで！　やめて……お願いよ。」

アナの体を冷やしてはいけないのに、ハンスは火を消したのです。アナはハンスを止めようとしましたが、床に倒れこんでしまいました。

「でも、エルサは自分で問題を起こした。

そして、きみは、ぼくが止めるのも聞かず、エルサのあとを追いかけた。

まあ、自分で自分の首をしめたってことさ。

あとはエルサを片づけて、魔法を消せば、アレンデールに夏はもどる。

エルサも、アナもいなくなれば、このぼくが、この国をいただく。

しかも、夏を取りもどしてくれた英雄として、したわれることになる。」

ハンスは、倒れたアナに近づきました。

「このままでは、すまないわ。

あなたはエルサ姉さんにかなうはずがない。

逃げきれるわけない。」

アナはつぶやきました。

「いや、もう終わりさ。エルサも、きみもだ。

だから、これで、ぼくは逃げきったのさ。」

ハンスは最後にそういうと、部屋からでていき、鍵をかけました。にやりと笑いを浮かべ、みんなのもとへ行ってしまったのです。

アナは、必死に部屋から外へでようと、扉の取っ手をまわしましたが、扉は開きません。

「だれか、お願い。助けて。助けて。」

かすれるような声で、助けを呼びました。でも、だれも気づきません。

外は吹雪です。暖炉の火が消えた部屋には、寒さが入りこみ、冷えきってしまいました。

アナは、冷たい部屋の中で、もうなすすべがありません。エルサのいったとおりでした。知り合ったばかりの人と婚約だなんて、あさはかだったのです。

今まで自分は、思いつきばかりで行動して、姉のエルサにあまえてばかりだったと、アナはようやく気づきました。クリストフにいわれたことも、思い出しました。

姉を失い、今、自分の命さえ危なく、アレンデール王国をハンスにうばわれてしまうなんて……。

ハンスは、アレンデールの今後を話し合うために、各国の高官や、国の大臣たちに会議室に集まるよう命じました。

ウェーゼルトン侯爵たちは、まだ吹き荒れておさまる気配のない吹雪を心配し、すぐに集まってきました。

「ますます、吹雪がひどくなっておる。何も手を打たなければ、みなの命も危ないぞ。」

全員が集まったのを見計らって、ハンスは部屋に入ってくると、いいました。

「みなさん、アナ王女が……。

アナが……亡くなりました。」

ハンスは悲しそうなふりをしながら、そういうと、よろめいてしまいました。みんなはハンスを支え、椅子に座らせましたが、事態がのみこめません。

「どういうことですか？　王女に何が？」

「アナ王女は、エルサ女王に殺されたのです。魔法で……。」

ハンスの言葉に、一同の顔は真っ青になりました。

「ひどい。なんということだ。あんなに仲良さそうに見えたのに。実の姉に殺されるとはな。だが、考えられなくもない。エルサ女王は魔法が使えるのだからな。」

侯爵がそういうと、ハンスはうなだれました。

「でも、少なくとも、ぼくは、アナ王女が息を引き取るまえに、なんとか、結婚の誓いだけは立てることができました。」

すると、侯爵はすかさずいいました。

「まちがいない。今や、エルサ女王は、恐ろしい存在だ。今もわれわれは、その危険にさらされているんだ。」

侯爵がそういうと、ほかの高官もあいづちを打ちました。

「ハンス王子、アレンデールのエルサ女王を、国を危険に陥れた罪で告発し、死刑を宣告する。」

ハンスはうなずきました。

「とても気が重いが、アレンデールのエルサ女王を、国を危険に陥れた罪で告発し、死刑を宣告する。」

ハンスは、心の中で、もうこの国を自分のものだと思いました。

どのものたちも、すっかりハンスの思うままに動いてくれたのです。あとは、エルサを始末するだけです。ハンスがエルサを始末するように命じると、兵士たちは、エルサのいる牢に行きました。

そのころ、エルサは、牢の中でじっとしていました。何もしていなくても、コントロールできない魔法のせいで、すべてが凍りついています。すると、外から人の声が聞こえてきました。

「おいっ、女王はこの中だ！　とにかく、うまいことやるんだぞ。」

エルサはそれを聞いて、怖くなりました。

そして、やはり自分はここにいてはいけないのだと強く思うと、ますます魔力のコントロールはできなくなります。でも、そのおかげで氷の力が増し、石の部屋の壁が崩れだしました。

ものすごい音がおさまり、雪煙が落ちつくと、そこにはだれもいません。

「なんだ？　どういうことだ？　女王がいない！」

壁には穴があいています。どうやら、エルサは、そこから逃げだしてしまったようです。

「大変だ！　女王が逃げた！」

兵士たちは、女王がまた魔法をふるうのではないかと、いそいでハンスに伝えに行きました。

ほんとうの愛

アナを城にもどしたクリストフは、山に向かいました。

スヴェンも、彼の後ろをのろのろと歩いていきますが、あまり行きたくないようでした。スヴェンは何度も後ろをふりかえり、お城のほうを見て、頭をふると鳴きました。

クリストフにはうすうすわかっていましたが、スヴェンの不満げな態度をふりきって歩いていきました。

ところが、スヴェンは急に走りだし、クリストフを追いぬいて、止まりました。

そして、じっとクリストフの顔をにらみつけています。

「どうしたんだ？　スヴェン？」

スヴェンは、角で、クリストフをつきました。

「おいっ、いたいよ。なんだって？」

スヴェンは鼻を鳴らし、クリストフに不満をぶつけています。

「だから、なんでそういう態度をとるんだ？

何がいいたいんだよ？」

するとスヴェンは、クリストフをおして持ち上げ、落としました。

「だめだって！　わかったよ。わかるよ！

でも、ぼくはもどるつもりはないんだ。」

スヴェンは、アナを城においてきたことが不満で、クリストフにもどれとうったえているのです。

「おいおい、アナは、今、最愛の人といっしょにいるんだ。」

スヴェンは、ぜったいにそんなはずはないという不満そうな顔をして、クリストフをにらんでいます。

「だから、アナは、もう、ぼくたちのことは、必要じゃないんだ。」

クリストフは、スヴェンをふりはらい、城のほうを見ました。すると、城の上空で雪がうずを巻き、嵐のように吹き荒れています。

「あれは、なんだ？」

鋭い氷が、城のあちこちから飛びだし、城を包みこんでいます。どう見ても何か起きたにちがいありません。

「アナ！」

クリストフは、アナのことが心配になり、いてもたってもいられなくなりました。

スヴェンは、さっとクリストフを角で持ち上げ、背中に乗せました。

「スヴェン、いそげ！」

そのころ、アナは開かない扉のそばにうずくまって、ふるえていました。部屋の天井にも、氷が張りつめてきています。きっと、エルサの魔法が城をおおいはじめ、城中が凍りだしているのでしょう。

アナは、さっきのハンス王子の言葉が不安でたまりません。もしかして、エルサの身に、何かが起きているのかもしれません。しかし、自分はもう、このまま息絶えてしまうのかとあきらめかけていました。

するとそのときです。がちゃがちゃ音がしたかと思うと、扉がとつぜん、開いたのです。見覚えのあるニンジンが、扉の鍵穴に刺さっていました。

「アナ！　なんてことだ！」

オラフでした。アナを探して、城の中をうろうろしていたのです。

オラフは、火のない暖炉にかけより、たき木を寄せ、マッチをすって火をつけました。

「オラフ？　だめよ。火のそばに寄っちゃだめ！」

火を初めて見たオラフは、感動しました。

「うわあ、これが火で、これが、熱ってもんか。ぼく、好きだなあ。」

そしてアナに手をかし、暖炉のそばに連れてきました。

「ねえ、ハンスはどこ？　どうしていないの？　ハンスにキスしてもらった？」

アナは、弱々しい声でいいました。

「私、まちがっていたの。あの人、私のことを愛してなかったのよ。

だから、キスもしてくれなかった。」

オラフはいいました。

「せっかく、もどってきたのに？　キスだめだったの？」

「オラフ、あなた、ここにいちゃだめよ。溶けちゃうわ。」

するとオラフはきっぱりといいました。

「ぼくは、ここを離れない。きみを助けてくれる人があらわれない限りはね。

ほんとにきみのことを愛してくれる人が来るまでは、ここにいるよ。」

オラフは、アナの背中に体を寄せて、アナをはげましました。

「アナ、何か思いつかないの？」

「オラフ、愛ってなんなのかわからなくなった。」

「だいじょうぶさ。ぼくはわかってるよ。」

アナはびっくりして、オラフを見ました。

「愛っていうのはね、だれかのことを、自分の願いより優先することなんだ。
ほら、クリストフが、きみをハンスのところに連れていってくれたろ？
自分の気持ちは投げだして、きみの気持ちをたいせつにしてくれただろ？」

アナは、はっとしました。

「クリストフは、私を愛してるの？」

「まったく、きみは、愛についてほんとに何も知らないんだね。」

オラフの顔がゆがみました。

「オラフ、あなた溶けちゃう！」

「この人のためになら、溶けてもいいって思える相手がいるんだよ。
でも、今ここで溶けちゃうのはいやだな。」

とつぜん、窓が開き、冷たい風と雪が吹きこんできました。オラフは窓にかけより、閉めようとしましたが、何かが見えたようです。窓の氷柱を折って望遠鏡のようにして遠くを見ました。

「あっ！　クリストフとスヴェンだ！」

「えっ？　ほんとに？」

「わああ、ものすごいスピードで走ってくるよ。」

「お願い！　手をかして、オラフ！」

アナは、よろよろしながらオラフに支えてもらい、立ち上がりました。

「クリストフは、きみから離れるなんて、やっぱりいやなんだよ。」

「クリストフのところに行かなきゃ。」

アナとオラフは、部屋をでました。

しかし、氷が城のあちこちに広がり、なかなか外にでられません。アナたちは、なんとか窓をつきやぶりました。

クリストフは、はげしい吹雪の中をスヴェンに乗って、走りぬけようとしています。吹雪が吹き荒れ、前がよく見えません。港に停泊していた大きな船も、雪と氷の重さで倒れはじめました。

「スヴェン！　もっと速く！」

アナとオラフは、どうにか城の外にでました。

「クリストフ！」

アナは倒れそうになりながらも、名前を呼びつづけます。ひどい吹雪でどこに彼がいるのか見つかりません。自分の手がだんだんと霜におおわれ、冷たくなっていくのがわかります。

「クリストフ！　どこなの？」

きっとクリストフにキスをしてもらえば助かると、アナは信じて探しました。

クリストフも、凍りついた海をスヴェンとともに渡ろうと必死でした。大型船が、クリストフたちに向かって倒れてきましたが、スヴェンはなんとかすりぬけました。でも、今度は足元の氷が割れ、ふたりは冷たい海の中に落ちそうになりました。とっさにスヴェンがクリストフを安全な場所にふりなげると、自分は冷たい海の中に落ちてしまいました。

「スヴェン！」

クリストフがスヴェンを呼ぶと、海の中からスヴェンがでてきて、浮かんでいる氷の上に飛び乗りました。

クリストフはほっとして、アナを探しはじめました。

「クリストフ！」

吹雪の中から声が聞こえてきました。アナの声です。

クリストフは声のするほうに向かっていきました。

「アナ！　アナ！」

そのころ、エルサも同じように、吹雪の中をさまよっていました。

「エルサ女王。もう逃げられませんよ。」

エルサがふりむくと、それはハンスでした。

「私に近づかないで。あなたは、アナと幸せになってちょうだい。」

エルサがそういうと、ハンスは冷たくいいました。

「アナのことですか？　なんだ、その話ですか。

ええ、たしかに、アナはもどってきましたが、あなたは魔法でアナの心臓を凍らせたでしょ？」

エルサは息をのみました。

「そんな……。」

「ぼくは助けようとしたけど、手おくれだった。死んだんですよ。

あなたの魔法のせいでね。」

なんということでしょう。エルサはくずれるように座りこみました。

「私、なんてことを……。アナ……」

吹雪がおさまり、空の上の雪雲が動きを止めました。

「みごとな魔法ですよね。自分の妹を殺してしまうとは。」

ハンスは、エルサを追いつめるようにいいました。そして、少しずつエルサにつめよります。

エルサは悲しみにたえられず、涙を流しはじめました。恐れていたことがほんとうに起きてしまったのです。

「アナ、ごめんなさい。ごめんなさい。」

一方、アナは、吹雪がおさまったおかげで、視界が開け、クリストフを見つけることができました。クリストフも、アナを見つけ、走りだしました。

「アナ！」

「クリストフ！」

アナも、クリストフのそばに、走っていこうとしました。

そのときです。アナは、別の方角に、座りこんでいるエルサとハンスを見つけました。

剣をふりあげたハンスが、エルサを切りつけようと、近づいているではありませんか。エルサを殺すつもりです。

アナは、クリストフのほうへ走るのをやめました。そして……別の方向に走りだしました。

ハンスは、泣きくずれているエルサに剣をふりおろします。

ところが、そのしゅんかん、カチンと音がしました。

アナがエルサの前に割りこみ、ハンスの剣を受けたのです。

魔力によって全身が氷に変わったアナが、ハンスの剣をはじきとばしました。

「アナ！」

氷のアナが自分を守ってくれたのです。

エルサはアナにだきつきました。

「アナ！　いや、いやよ。」

エルサは、泣きながら氷のアナに呼びかけました。

「私のために、私のために、アナ、ごめんなさい。お願い。こんなのいやよ。お願い……。」

ハンスはふたたび剣を取り上げ、エルサに切りかかろうとしましたが、クリストフがかけつけ、ハンスをけりたおしてくいとめました。

エルサは、自分のことを命がけで助けてくれたアナを失い、泣きつづけました。しかしもう、アナは動きません。

城の中にいた人たちも、吹雪がやんだのに気がつき、外にでてきました。凍ったアナを見て、みんな驚いています。アナにだきついて泣いている、エルサの姿に、だれも声をかけられません。

エルサは、自分にとって必要な人がだれかということに、そのとき、やっと気がつきました。

妹のアナは、だれよりも自分を愛してくれていたのです。

その気持ちにこたえず、ただ、妹をさけてきたことを後悔しました。

「おまえの敵は、恐れる気持ちなのだ……。」

幼いころ、トロールにいわれたことの意味がやっとわかったのです。まわりから将来は女王になるのだといいきかされ、ずっと自分をおさえてくらしてきました。自分ひとりで魔力をおさえようと悩み、だれにも頼らず、心を閉ざしてしまったせいで、妹を失ったのです。

妹のように心を開いて、悩みを打ち明けていたら、こんなことにならなかったと自分を責めました。魔法には、もっと別の使い道があったのかもしれません。ようやく、エルサは自分のことがわかったような気がしました。

その気持ちが、アナに通じたのでしょうか。ゆっくりと、氷柱が溶けるように、アナの髪からしずくが落ちました。アナの氷が溶けはじめたのです。

アナの手が動き、エルサをだきしめました。

エルサも、魔法が解けていくアナを、だきしめつづけました。

「アナ、私のために、自分を犠牲にしてくれたのね。」

アナが目を開けました。

「だって、大好きな姉さんだもの。」

そういって、にこりと笑いました。

オラフがふたりを見ていいました。

「ほら、だから、真実の愛が、凍った心臓を溶かすっていってただろ。」

エルサは、その言葉をかみしめました。

「愛が、溶かす……。

愛、愛なのね。」

エルサには何かがわかったようです。今までの心のつかえが取れ、やっと答えを見つけたのです。

エルサが両手をあげると、空に向かって雪が消えていきました。

海の氷が溶け、倒れていた船も、つぎつぎと元のとおりにもどりました。国中の人たちが、家の中からでてきました。凍りついていた草や花も、あざやかな色を取りもどしました。

雪雲が消えると、明るい太陽が姿をあらわしました。何もかも元どおりになったのです。

「エルサ姉さんならできるって、わかっていたわ。」

アナがいうと、オラフも初めて見る夏に感動しました。

「ああ、ぼくにとって、人生最高の日だ。そして最後の日……。」

オラフはうれしそうにつぶやきながら、溶けてしまいました。

エルサは、溶けてしまったオラフにいいました。

「オラフ、待って！」

エルサが手をふると、オラフの上に雪雲ができました。

魔法の雪雲のおかげで、オラフは元どおりになりました。

「うわあ、これって、ぼくだけの雪雲なんだね！」

これで、オラフは溶けることもなく、夏を楽しめるようになりました。

クリストフにけとばされ、倒れていたハンスも立ち上がりました。

「あれ？　アナがいる？　心臓が凍っていたはずじゃ？」

アナが凍って死んだものだと思っていたハンスは、驚いています。

「このあたりで、心臓が凍ってるのはあなただけよ！」

アナは思いきりハンスをなぐると、ハンスは海に落ちてしまいました。


ハンスは、南の国にもどされることになり、女王を化け物呼ばわりしたウェーゼルトン侯爵も、今後はアレンデール王国に一切かかわらないことを約束し、国に送りかえされました。

ようやく、アレンデールにいつもの穏やかな一日がもどってきました。数日後、アナは、目隠しをしたクリストフを引っぱって、広場に連れてきました。

「さあ、こっち。こっちよ。ほら、ほら、ほら。」

「わかった、わかったよ。」

アナに連れていかれるまま、クリストフは、よろよろしながら歩きますが、あちこちにぶつかってしまいます。

「いたっ！　柱にぶつけないでくれよ。」

「まあ、ごめんなさい。こっちのほうよ。」

アナはあいかわらず、おっちょこちょいで、やっと目的の場所に着きました。

「さあ、ここでいいわ。」

アナはクリストフの目隠しを取りました。

「わあ、これは、どういうことだ？」

クリストフはびっくりしました。

目の前には、最新式のすばらしいソリがおかれています。りっぱなソリの横で、スヴェンもうれしそうに鼻を鳴らしました。

「約束してたでしょ？　あなたのソリを弁償するって。」

アナは目をかがやかせています。

「ほ、ほんとうなのか？」

「もちろん。しかも、最新モデルなんだから。」

クリストフは、あまりにりっぱなソリなので、少しとまどっています。

「いや、いや、こんなにりっぱなのはもらえないよ。」

するとアナはいいました。

「これは、返品不可能なの。交換もだめ。

だって女王の命令なの。

女王陛下は、あなたをアレンデールの氷職人として、公式に任命したの。」

クリストフはびっくりしました。

「なんだって？　そんな話あるのか？」

「ほんとよ。ほんとの話！」

アナはうなずきました。

クリストフはアナをだきあげ、うれしさのあまりさけんでしまいました。

「気にいったよ！　アナ、きみにキスしたいくらいだ！」

クリストフは、アナをおろしました。

「つまり、キスしてもいいくらい。

いや、キスしたいんだ。

つまり……アナ。

キスをしてもいいかな？」

アナはクリストフに返事をするまえに、自分からクリストフにキスをしました。

「真実の愛のキスなら、いいわよ！」

こうして、アナもほんとうの自分を愛してくれる人を見つけました。

わがままなところも、おっちょこちょいなところも、うっかりしているところも、クリストフは受け止めてくれるのです。

オラフはふたりの様子をうっとりながめていました。

「やっと、ほんとうのキスができたね！

ほら、ぼくのいったとおりだろ？

クリストフは、とってもいいやつなんだ。

さてと、ぼくは、あったかいハグを探そうっと！」

街角に咲く花の香りにさそわれながら、散歩にでかけるのです。女王から命をもらい、夢に見ていた夏を楽しんでいるオラフは、幸せそうでした。

城の門が開きました。

エルサは中庭の真ん中に立つと、大声でいいました。

「準備はいい？」

人々はスケート靴を手にしています。

エルサが手をさっとふると、足元が凍りはじめます。みんなのためのスケートリンクが、できあがりました。

エルサは、ありのままの自分でいることが、いちばんだと気がついたのです。

それからは、魔法にふりまわされることも、なくなりました。

アナはエルサにいいました。

「門が開いているって、いいわね。」

「ええ。もう、二度と門はしめないわ。」

エルサはうれしそうにこたえました。

ふたりは、それぞれ真実の愛を、見つけたのです。

Disney
ディズニームービーブック
アナと雪の女王

2014年3月11日　第1刷発行
2014年6月24日　第9刷発行

文　中井はるの
構　成　駒田文子
カバーデザイン　SPICE
本文レイアウト　脇田明日香

発行者　鈴木哲
発行所　株式会社 講談社
〒112-8001 東京都文京区音羽2-12-21
電　話　出版部　03-5395-5703
販売部　03-5395-3625
業務部　03-5395-3615
印刷所　大日本印刷株式会社
製本所　大口製本印刷株式会社

N.D.C.933 175p 18cm Printed in Japan
ISBN 978-4-06-218833-3